Ludwig XVI. und Marie Antoinette wurden 1791 auf ihrer Flucht in Varennes verhaftet. Mehr als 200 Jahre zuvor hatte Nostradamus einen Vierzeiler niedergeschrieben, der bis ins kleinste Detail voraussagte, was dem königlichen Paar zustieß.

Georges Dumézil (1898-1986), der sich sein Leben lang mit fernen Sprachen und Kulturen beschäftigt hat, kam auf die wunderbare Idee, dem Rästel dieser merkwürdigen Übereinstimmung nachzugehen. Er hat die historischen Ereignisse genauestens recherchiert und in Art einer Kriminalgeschichte angelegt.

insel taschenbuch 2511

Georges Dumézil

Der schwarze Mönch in Varennes

Georges Dumézil
Der schwarze Mönch in Varennes

Nostradamische Posse

Aus dem Französischen
von Eva Moldenhauer

Insel Verlag

insel taschenbuch 2511
Erste Auflage 1999
Insel Verlag Frankfurt am Main und Leipzig

Hinweise zu dieser Ausgabe am Schluß des Bandes
Vertrieb durch den Suhrkamp Taschenbuch Verlag
Umschlag: Michael Hagemann
Satz: MZ-Verlagsdruckerei GmbH, Memmingen
Druck: Wagner GmbH, Nördlingen
Printed in Germany

1 2 3 4 5 6 – 04 03 02 01 00 99

für Pierre Nora

Mein lieber Freund,

Da Sie mich liebenswürdigerweise aufgefordert haben, diese Betrachtungen zu veröffentlichen – wären Sie so freundlich, dem Leser einige sachdienliche Informationen zu übermitteln?

Der erste Teil des Buches könnte heißen: »System der Welt, Band 1«. Aber da weder ich noch die nächsten Generationen die folgenden Bände schreiben werden, habe ich eine bescheidenere Überschrift vorgezogen.

Es ist unnötig, nach Schlüsseln zu suchen. Ständig habe ich Erinnerung und Fiktion verquickt. Wenngleich die Unterhaltung mit Gustave Charles Toussaint vor der Insel Jan Mayen in etwa meinen Eintragungen entspricht, so fürchte ich doch, daß man in der *Posse* die Personen ein wenig verdrehen, genauer gesagt, die drei Vollkommenen auf die eine reduzieren muß, die es nicht ist: Wie auch hätte ich nach sechzig Jahren die Stimmen gerecht verteilen können? Jedenfalls war der letzte Winter von Herrn Espopondie, desgleichen unsere Beziehungen, denen er wahrscheinlich seinen Namen verdankt, tatsächlich so, wie ich sie beschreibe. Daher kann man die Papiere, die das Kapitel II bilden, als authentisch betrachten. Allerdings muß ich zugeben, daß ich sie seit langem vernachlässigt hatte, als ich Ende 1968 im dritten Stock der Universität von Princeton einen *Nostradamus* aus den Regalen zog. Als ich darin die Quatrains über »Varennes« und über »Narbon et Saulce« wieder las, lebte das Problem erneut in mir auf, und ich beschloß, die Sache voranzutreiben.

Bestimmt wird der Leser zum Text greifen wollen. Die kommentierte Ausgabe von Le Pelletier wurde in ansprechender Form von Jean de Bonnet, 7, Faubourg Saint-Honoré, nachgedruckt. Man möge auf diese beiden Bände zurückgreifen.

Meine Studie wäre wohl kaum vom Fleck gekommen, hätten sich nicht meine Enkel und meine Schwiegertochter vieler philosophischer, lexikalischer, statistischer und historischer Nachforschungen angenommen. So daß, auch wenn ich für die Argumente, den Plan und die Schlußfolgerungen die Verantwortung trage, das Verdienst des Unternehmens zum größten Teil ihnen zukommt.

Sehr herzlichen Dank

Georges Dumézil

Der schwarze Mönch in Varennes

Nostradamische Posse

I

Vor etwa sechzig Jahren, zwischen 1922 und 1925, hatte ich das Glück, nähere Bekanntschaft mit Herrn Espopondie zu machen, einem jener Menschen, die auf mich einen sehr starken und, wie ich glaube, höchst heilsamen Einfluß ausübten. Ich stand in der Blüte meiner fünfundzwanzig Jahre, er ging auf die fünfzig zu. Die Schlachten von 1918 hatten mich einigermaßen geformt, menschlicher gemacht, aus dem zwar erregenden, aber irrealen Mikrokosmos des Gymnasiums und der Bücher herausgerissen, um mich mitten in jene Mischung infernalischer und paradiesischer Episoden zu stoßen, die damals für einen jungen Leutnant der Artillerie der Alltag einer Armee im Feld bedeutete. Nichts von der warmen Stube des Kapitäns Cartesius: ich hatte wenig meditiert, ich hatte gelebt. Dagegen haben die Jahre, in denen ich Herrn Espopondie kennenlernte – vor allem das letzte –, ein für allemal die Leitlinien meines Denkens und Verhaltens gezogen.

Er hatte lange Zeit das fernste Asien bereist, ein umherziehender Gelehrter und Verwalter, wie es zu Beginn dieses Jahrhunderts viele unserer großen Orientalisten waren, und durch diese Öffnung war ich, als ich selber mein Studium begann, mit ihm in Verbindung gekommen. Mein Orient war zwar nicht der seine, aber einen Teil Indiens besaßen wir gemeinsam. Zudem begann ich damals, meine ersten illusionsreichen Ideen über die Indogermanen und die vergleichende Mythologie zu umreißen: das interessierte ihn. Doch sehr bald stand dies nicht mehr im Mittelpunkt unserer Beziehungen. Seine Liebe zur Poesie, zur Musik, zur Bildhauerei war nicht minder ausgeprägt. Er hatte ungemein viel gelesen und intensiv gelebt. Seiner Ausbildung als Philosoph verdankte er, daß er diese Menge an Wissen und Erfahrung auf das liebenswürdigste zu bewältigen vermochte. An seiner Seite habe ich Avantgarde-Konzerte, Boxkämpfe, die belgischen Museen besucht: Jedesmal klärte sich etwas auf, von dem ich keine Ahnung gehabt hatte.

Aber wirklich kennen lernte ich ihn erst nach dem Herbst 1924 und während des letzten Winters seines Lebens. Ich wußte, daß es, seit er kurz vor Kriegsausbruch nach Frankreich zurückgekehrt war, um seine Gesundheit nicht zum besten stand. Ich erfuhr nun, daß er zwei Krankheiten hatte, deren Behandlungen sich nicht miteinander vertrugen und von denen die eine das Herz angriff. Im Oktober wurden die Anfälle häufiger. Bisweilen konnte Herr Espopondie wochenlang das Haus nicht verlassen. Bald hatte er die Gewißheit, daß das Ende nahte, und er wollte mit Gelassenheit scheiden. Von dem Punkt aus, an dem er sich angelangt sah, betrachtete er sein Leben ohne Selbstgefälligkeit und ohne Reue. Da er die »Schwäche« besaß, wie er es mit falscher Bescheidenheit nannte, Bündel von Briefen aufzubewahren, darunter einige sehr intime – denn er hatte mehrere Stürme durchlebt –, desgleichen Stapel von Notizen, Hefte, angefangene und aufgegebene Bücher – er hatte sehr wenig veröffentlicht –, hegte er den Wunsch, ein letztes Mal, bevor er sie vernichtete, durch diese lächerlichen oder gewaltigen Monumente seiner Gedanken, seiner

Forschungen und, wenn nicht seiner Leidenschaften, so doch einiger aufrichtiger Zuneigungen und vieler Herzenstäuschungen zu reisen. Zweifellos hatte ihm die Prüfung, der er mich unterzogen hatte, Vertrauen eingeflößt. Und zweifellos auch entschädigte ich ihn ein wenig für den Kummer, den er mir einmal gestanden hatte: nämlich aus dem Leben zu scheiden, ohne einen Sohn zu hinterlassen. Jedenfalls schlug er mir vor, ihn auf dieser Pilgerfahrt und bei diesem Brandopfer zu begleiten. Fast jeden Abend, gegen sechs Uhr, wenn sein Sekretär sich zurückzog, kam ich zu ihm, wir plauderten, seine Haushälterin brachte uns eine leichte Mahlzeit, und wir begaben uns zu dem Holzfeuer, das er in einem kleinen Büro stets unterhalten ließ. Er setzte sich in seinen Sessel, zuweilen ein wenig keuchend – es kam vor, daß ich besorgt war –, häufig aber auch recht wohlauf. Und ich ging in einen der drei Räume, in denen, neben den Büchern, einige der großen Umschläge lagen, die die Phantome seines Lebens bargen. Er las die Briefe wieder oder ließ sie mich vorlesen. Manchmal kam eine Photographie zum Vorschein, die er einige Sekunden betrachtete und mir dann zurückgab: all das nahm den Weg der Flammen, und nie kam ich auf den Gedanken, etwas davor zu bewahren. Ebenso gleichmütig schickte er, nach einem kurzen Blick, ganze Blätter mit Lesenotizen, Gedankensplittern oder Entwürfen ins Nichts. Selten bat er mich, sie ihm vorzulesen: er sah, auf welch später vergessene Beschäftigung sich diese oder jene beschriebene Seite bezog, und sagte mir lediglich: »Fahre fort …«

Doch eines Abends, als Herr Espopondie weniger erschöpft wirkte als sonst, zog ich aus einem langen Umschlag etwa fünfzehn zu einem Heft vereinte Blätter mit einem Titel, der meine Neugier weckte: »Prolegomena zu möglichen zweiten Physiken«.

– Ich freue mich, daß wir diesen alten Kommentar wiedergefunden haben, sagte Herr Espopondie lächelnd. Er muß aus den ersten Jahren dieses Jahrhunderts stammen, als ich so alt war wie du. Lege ihn beiseite und fahre fort.

Der Rest des Umschlags wurde mit der gewohnten Unbefangenheit weggeworfen, dann bedeutete mir Herr Espopondie, das Heft wieder zur Hand zu nehmen.

Ich wußte, welchen Standpunkt Herr Espopondie in der Metaphysik vertrat. Die Forschungen über das Atom, die damals am Anfang standen, begeisterten ihn, und er schien ihre rasche Entwicklung vorauszusehen. »Man hat es recht eilig gehabt«, sagte er, »das Atom ›Atom‹ zu nennen, das heißt das Unteilbare. Du wirst sehen, daß man es in Stücke zerlegen wird, und jedes Stück wieder in Stücke. Vielleicht bis ins Unendliche. Die Eleaten werden sich seiner bemächtigen.« Und die Philosophie, was erwartete er von ihr? An bestimmten Tagen vielleicht viel. Manchmal wenig oder nichts. War er Materialist? Er vermied diese großen Wörter, diese Verpflichtungen. Auf jeden Fall hing er der Erfahrung an und lehnte es ab, das, was eine alte Gewohnheit Geist nennt, von dem zu trennen, was sie Materie nennt. Er sagte mir oft, er habe nie etwas empfunden, was der berühmten religiösen Unruhe ähnelte. In einer ungläubigen und, wie ich glaube, antiklerikalen Familie geboren, war er nicht getauft worden und hatte es nicht nötig gehabt, sich von einem Kinderglauben zu lösen. Er hatte vielmehr in seiner Jugend all seine Intelligenz und seinen sehr lebhaften Freiheitsdrang aufbieten müssen, vor allem in der Rue d'Ulm, um sich nicht vom Combeschen Strom mitreißen zu lassen. Im übrigen bewunderte, liebte er die Theologien so wie alle Schöpfungen des Menschen, aber er nahm das Blendwerk einer jeden von ihnen wahr. Gern hätte er die bestehenden Religionen verteidigt, sofern sie den Schwachen und Verzweifelten als Zuflucht dienen, aber meistens meinte er, ob zu Recht oder zu Unrecht, Intoleranz und Verzicht bei ihnen zu sehen.

Soll ich ihn als Agnostiker bezeichnen? Er war überzeugt, daß das Fortschreiten der Physik, dessen Geschwindigkeit er ermaß, sowie der historischen Kritik, zu dem er beigetragen hatte, viele Leerformeln zum Verschwinden bringen würden, gleichzeitig jedoch sah er voraus, daß diese Arbeit, wie beim Atom, anstelle der Illusionen der Vergangenheit andere Anschauungen hervorbringen würde, die sich ebenfalls sehr bald als illusorisch oder unzulänglich erweisen würden. War er Rationalist? Ganz gewiß. Er war sogar bereit, die Vernunft zur Gottheit zu erheben. Doch zwei Haltungen oder besser zwei Spielarten derselben Haltung galten ihm als Lästerung dieser Göttin: So wie bestimmte Leute unter dem Vorwand, sich vor dem Irrationalen zu schützen, so sagte er, es ablehnen, eine Beobachtung zu registrieren, die der Stand unserer Kenntnisse nicht zu deuten erlaubt, so verkennen andere das Geheimnis der Bewegung, die das scheinbar stabilste organische Gleichgewicht unablässig in ein anderes, nicht minder vorläufiges Gleichgewicht verwandelt. Den ersteren rief er den Einwand in Erinnerung, den man lange Zeit, trotz des

Zeugnisses des Meereshorizonts, denen entgegengehalten hatte, die sagten, die Erde sei rund: Sollten die Menschen an den Antipoden etwa mit dem Kopf nach unten gehen? Den letzteren empfahl er, über die Evolution nachzudenken, die, ausgehend von einem lichtempfindlichen Punkt auf der Epidermis, schließlich die Struktur des Säugetierauges hervorgebracht hat, das sich seit einigen Jahrhunderten unter Einsatz des menschlichen Gehirns in den Gerätschaften der Optiker und Photographen fortsetzt, wobei auch diese unaufhörlichen Veränderungen unterliegen: gewiß läßt sich hier alles in Gleichungen fassen und mit der natürlichen Auslese begründen, warum aber könnte man nicht *auch* vermuten, daß von Anfang an jeder der Milliarden gleichzeitiger und konvergierender Veränderungen, die stattgefunden haben, ein Plan zugrunde lag? Kurz, sein Rationalismus schloß ihn nicht in die Gegenwart ein, weder bezüglich der Mittel noch des Gegenstands der Untersuchung. Er vertraute der Zukunft die allmähliche Erklärung des Unerklärten an, ohne sich vorzustellen, sie müsse einmal zum Abschluß kommen. Viele hartnäckige Irrtümer in der Behauptung wie in der Ablehnung, so sagte er ferner, rühren daher, daß in jeder Generation kluge Menschen gemeint haben, die Arbeit von zwanzig oder hundert leisten und gleichzeitig »an das Wesen der Dinge« rühren zu können.

Sein Porträt wäre unvollständig, wenn ich nicht bezeugte, daß er dem Tod gegenüber, dem verständlichsten aller Phänomene, weder Angst noch Neugier empfand. Er meinte nicht, daß etwas von ihm den Zerfall seines Gehirns überdauern könne. Seine Liebe zu den schönen Dingen gab ihm den Wunsch nach einem ruhigen und sauberen Erlöschen ein, aber er wußte, daß die beiden Krankheiten, die sich um seinen Thorax stritten, ihm nur wenig Aussicht darauf ließen.

Diese Abschweifung war nötig, um das Interesse zu erklären, das dieser positive Geist in seiner Jugend – ein Interesse, das an jenem Abend wieder aufzuleben schien – einigen Zeilen aus dem *Buch der Prophezeiungen* von Michel de Notredame entgegengebracht hatte. Er legte es mir in wenigen Worten dar.

– Alle sogenannten metaphysischen Erfahrungen, alle bekanntgewordenen Fälle von Gedankenübertragung, Weissagung oder gar Kommunikation mit einem Jenseits oder mit übernatürlichen Wesen stoßen auf die gleiche Barriere: So aufrichtig der Beobachter und so streng die Kontrolle sein mag, immer bleibt ein Verdacht bestehen: Autosuggestion, kollektive Täuschung und meistens Betrug. Die artikulierte Vorhersage der nahen oder fernen Zukunft durch einen »Seher« scheint diesem Schicksal zu entrinnen, zumindest dann, wenn sie zu einer bekannten Zeit in Form eines *ne varietur* schriftlich niedergelegt wurde und sich damit den Willfährigkeiten der mündlichen Übermittlung entzieht: Man kann die Ansicht vertreten, daß die Geschichte sie mehr oder weniger kurzfristig bestätigen oder widerlegen wird – freilich unter dem Vorbehalt, daß die Geschichte keine Grenze hat und daß das angekündigte Ereignis, falls es nicht datiert ist, in den Augen einer jeden Generation immer Gefahr läuft, erst in der Zukunft einzutreten. Aber es gibt nicht viele solcher Niederschriften, und diejenigen, die existieren, sind für eine solche späte Kontrolle nicht oder nur zu gut geeignet: Entweder sind sie zu allgemein oder zu inkohärent oder zu zweideutig oder alles zusammen und gemahnen im Laufe der Jahrhunderte an mehrere, an zahlreiche Ereignisse, von denen sich ein jedes mit etwas gutem Willen seiner Formulierung anpassen läßt. Auch die *Centuries* von Nostradamus entgehen diesem Schicksal nicht. Man braucht nur die Kommentare zu überfliegen, die sie seit über dreihundert Jahren angeregt haben. Ja, man braucht sie nur zu lesen, um die Arme sinken zu lassen – mit Ausnahme einer sehr kleinen Anzahl von Quatrains, in denen der Anteil des Rätsels begrenzt ist und in denen präzise Personen oder Orte, ich meine seltene, im mathematischen Sinn unwahrscheinliche Eigennamen genannt werden, die später nur ein einziges Mal in der Geschichte als Akteure oder als Dekor aufgetaucht sind. Der berühmteste Fall ist der zwanzigste Quatrain der neunten *Centurie*, bei dem nicht nur alle Exegeten, sondern auch die skeptischsten Leser sich des Eindrucks nicht erwehren können, daß Nostradamus hier das Drama von Varennes mit seinen tragischen Folgen zusammengefaßt hat, nämlich die unvorsichtige Reise, die fast zweieinhalb Jahrhunderte später den letzten König göttlichen Rechts und seine Familie in die Sackgasse einer kleinen Ortschaft der Argonne führen sollte. Sieh dir den Anfang meiner Abhandlung an, ich habe den Quatrain sicherlich zitiert.

Und tatsächlich stand er gleich am Anfang. Ich las:

De nuict viendra par la forest de Reines,
Deux pars vaultorte Herne la pierre blanche.
Le moyne noir en gris dedans Varennes,
Esleu cap cause tempeste, feu sang tranche.

Ich kannte den Quatrain. Nostradamus hatte mehr als einmal meine Neugier geweckt, aber das Buch war mir immer wieder entglitten.

– Heute nacht ist es schon etwas spät, sagte Herr Espopondie, um meine Abhandlung zu lesen, nimm sie mit.

Ich hatte Skrupel, diese Seiten, die ihm sichtlich am Herzen lagen, allein zu lesen. Ich entschuldigte mich und sagte, ich wolle zuerst darüber nachdenken. Herr Espopondie bot mir nun an, mir die kommentierte Ausgabe zu leihen, die Anatole Le Pelletier im Jahre 1867 besorgt hatte. Aber das war nicht nötig. Ich hatte sie bei mir zu Hause, von einem Großvater geerbt, und ich hatte nur durch sie mit Nostradamus Bekanntschaft gemacht. Sie reproduziert mit großer Sorgfalt, nach dem uneinheitlichen Exemplar der Nationalbibliothek, die erste Veröffentlichung, diejenige von Pierre Rigaud (*Centuries*, I-VII, Lyon 1558 [?]; VIII-X, 1566), und notiert in Anmerkungen die Varianten der korrigierten zweiten Ausgabe, von der Le Pelletier ein Exemplar besaß, der Ausgabe eines gewissen Benoist Rigaud, von dem man nicht weiß, ob er mit Pierre verwandt war (Lyon 1568). Für viele Quatrains wartet Le Pelletier auch mit einer verständlichen Deutung sowie mit Anmerkungen auf, für die er selbstsicher und naiv die Kommentare seiner zahlreichen Vorgänger, vor allem aber seine eigene Gelehrsamkeit und Eingebungen heranzieht.

– Gut. Kommen nicht morgen unsere Freunde?

Herr Espopondie, der notgedrungen von der Welt zurückgezogen lebte, nachdem er sie sehr genossen hatte, machte bei seiner Einsamkeit einige Ausnahmen. Seit seine Krankheit sich verschlimmert hatte, empfing er bzw. empfingen wir beide gemeinsam zweimal in der Woche zwei junge Männer, beide sehr intelligent, aber sehr verschieden, mit denen ich mich rasch angefreundet hatte. Herr Espopondie sagte, diese Abende erinnerten ihn an *Phaidon*.

– Du wirst meine Abhandlung also mit ihnen zusammen entziffern. Du wirst sie ihnen vorlesen. Wie ich sie kenne, werden sie nutzbringend diskutieren. Danach werden wir über das Schicksal dieser Seiten befinden. Entweder wandern sie ins Feuer, oder derjenige von euch, den sie zu interessieren scheinen, kann sie mitnehmen.

Es war fast Mitternacht, als ich mich von Herrn Espopondie verabschiedete. Ich ließ ihn ruhig und, wie mir schien, erleichtert zurück, so wie ein König am Abend nach seiner Abdankung erleichtert sein mag. Ich selbst schlief sehr gut, und am nächsten Morgen fand ich, wenn auch mit einiger Mühe, denn er stand etwas versteckt, meinen Le Pelletier. Als ich seinen Kommentar und seine Anmerkungen las, fragte ich mich, was unser Freund einem solchen Text wohl hatte abgewinnen können. Ja, es war die Rede von einer offenbar wichtigen Person, die »nachts nach Varennes kommen wird«. Und der letzte Vers verkündet große Gewalttaten, verschuldet durch einen »esleu cap« (1566 ohne Punkt; 1568 mit Punkt), und zum Schluß sogar ein »tranche«, ein Hackmesser, das – nach dem Feuer und dem Blut – an die humanitäre Erfindung des braven Guillotin gemahnt. Doch was hatte alles übrige mit dem Drama von Varennes zu tun? Was die Auslegungen von Le Pelletier betrifft, so war in einer von ihnen »tranche« richtig übersetzt, und eine andere erinnerte daran, daß der König für seine heimliche Reise füglich ein graues Gewand angelegt hatte wie die Person des Quatrain; im ganzen aber waren sie doch recht befremdlich, wobei das Griechische und Lateinische die Sache nur schlimmer machten, nicht besser. Ich schreibe sie ab:

(Vers a*) zu »forest de Reines«: lateinisch* fores *»Tür« (es würde sich demnach um eine Geheimtür in den Gemächern der Königin handeln, durch die das königliche Paar heimlich die Tuilerien verlassen hat).*

(Vers b*) zu »deux pars«: altes Wort* part, *»Gatte, Gemahl«.*

(Vers b*) zu »vaultorte«: romanisch; zusammengesetztes Wort aus* vaulx *»vallée« [Tal], und* torte, *»tortueuse«, d.h. Seiten-, Schleich- oder Irrweg (es würde sich um die Richtungsänderung handeln, die der König am Ausgang von Sainte-Menehould angeordnet hatte: nach Varennes statt nach Verdun, wie ursprünglich vorgesehen).*

(Vers b*) zu »Herne«: 1. griechisch* ernos *»Stamm, Sproß«;* 2. Herne, *Anagramm von* reine *[Königin], durch Metaplasmus, unter Verwandlung des* h *in* i.

(Vers b*) zu »pierre blanche« [weißer Stein]: die Königin, ein weißgekleidetes Juwel.*

(Vers c*) zu »moyne«: griechisch* monos *»allein, verlassen«.*

(Vers c*) zu »noir«: Anagramm von* roi *[König], durch Aphärese, unter Weglassung des* n.

(Vers d*) zu »esleu«: romanisch, »élu« [gewählt].*

(Vers d*) zu »cap«: Apokope, Cap. für Capet [Kapetinger]. Benoist Rigaud setzt hinter Cap einen Abkürzungspunkt, der bei Pierre Rigaud fehlt.*

(Vers d*) zu »esleu cap«: »Capet élu«, d.h. die Umwandlung des ehemals absoluten Königtums der Kapetinger in eine Wahl- bzw. konstitutionelle Monarchie (...).*

Meine Gereiztheit war ebenso groß wie nach einer einige Jahre zurückliegenden Lektüre gegenüber diesem unangebrachten Griechisch und Lateinisch, dieser prätentiösen Gerätschaft von Metaplasmus, Aphärese, Apokope, gegenüber dieser Weigerung, die klarsten Wörter wie *forêt*, *moine*, *noir* in ihrer gewöhnlichen Bedeutung zu akzeptieren: Wald, Mönch, schwarz. Und die Geographie, die Geschichte! Der Weg von Sainte-Menehould nach Varennes ist weder ein Seitenweg noch ein Schleich- oder Irrweg. Die konstitutionelle Monarchie ist keine Wahlmonarchie: niemals, weder 1791 noch im Augenblick der Flucht, noch später ist die Rede davon, einen König zu »wählen«, das heißt unter »mehreren möglichen Kandidaten« eine Auswahl zu treffen wie in Polen, wie im Heiligen Römischen Reich, wie beim Tod eines Papstes: Der verdächtig gewordene, ohne Wahl wieder eingesetzte König wurde lediglich aufgefordert, als Repräsentant der Dynastie die Verfassung zu respektieren. Und dieser zu »cap« mit oder ohne Punkt geschrumpfte Capet! Es dauerte nicht lange, bis ich, die *Centuries* durchblätternd, auf einen »Cap de Byzance« stieß, der schwerlich ein Kapetinger sein konnte.

Als ich mich am späten Nachmittag zu Herrn Espopondie begab, war ich also gespannt, welche Behandlung er diesen vier Zeilen hatte angedeihen lassen.

Auf die Gesprächspartner, die ich jede Woche traf, werde ich nicht näher eingehen. Es genügt, wenn ich sage, daß Herr von Momordy ein frisch vom Grand Concours kommender brillanter junger Diplomat war, der darauf wartete, im Nahen Osten Verwendung zu finden, und daß Charles Leslucas, mit seinen zweiundzwanzig Jahren kaum jünger als er, mit mir die Ecole Normale Supérieure besucht hatte und eine Karriere als Archäologe in Angriff nahm: Auch er interessierte sich für das östliche Mittelmeer, aber in der Vergangenheit.

Sobald wir versammelt waren, setzte Herr Espopondie sie von unserer Entdeckung in Kenntnis, dann begann ich, die Abhandlung von 1902 vorzulesen. Es war einfach: Unser Freund hatte schon immer die elegante und deutliche Handschrift gehabt, die wir kannten. Und wir vernahmen folgendes.

II

Zuvörderst muß ich, auch auf die Gefahr hin, eine bereits offene Tür einzurennen, darauf eingehen, warum ich, wie vor mir schon viele andere Leser, den Eindruck habe, daß eine Beziehung – ich verwende mit Absicht das unschärfste Wort – besteht zwischen dem, was der Quatrain aussagt, und dem, was man gemeinhin »das Drama von Varennes« nennt.

Erster Punkt. Keine Stadt, kein Dorf in Frankreich namens Varennes hat in unserer Geschichte je eine Rolle gespielt außer – während einer einzigen Nacht im Jahre 1791 – der Ortschaft Varennes-en-Argonne, die bis dahin so sehr im Dunkel lag, daß die meisten Abgeordneten, als die Nachricht von der Festnahme des Königs die Nationalversammlung erreichte, ihren Namen nicht kannten.

Zweiter Punkt. Die von den drei ersten Versen des Quatrain beschworene Handlung ist an sich unbedeutend, aber in eben dieser Bedeutungslosigkeit präzise. Nach Inhalt und Begrenzung entspricht sie genau dem kurzen Ereignis von 1791. Worin besteht diese Handlung?

Grammatikalisch und trotz einer sowohl willkürlichen wie mechanischen Interpunktion, wie sie in den Centuries *häufig vorkommt, bildet der zweite Vers eine Parenthese, und der Hauptsatz, in dem er als Fremdkörper erscheint, besteht aus dem Vers* a, *der ein Verb ohne Subjekt, und dem Vers* c, *der ein Subjekt ohne Verb enthält. Aneinandergereiht ergeben diese beiden Teile folgendes: »Eine bestimmte Person (durch die rätselhafte Umschreibung ›le moine noir‹ bezeichnet) in grauem Ge-*

wande wird nachts nach Varennes kommen, nachdem sie einen bestimmten Wald (rätselhaft ›la forêt de Reines‹ genannt) passiert hat.« Die Handlung beschränkt sich also auf »venir dedans *Varennes« am Ende einer Reise. Genau dies ist die einzige Handlung des Königs, seine einzige Beziehung zu Varennes in jener Nacht, die ihm zum Verhängnis werden sollte: er hält nicht »Einzug« in die Stadt, weder als Herrscher noch als Eroberer wie andere Personen, von denen in den Quatrains die Rede ist und für die sie das Verb »entrer« verwenden. Er »kommt« lediglich dorthin, weil Varennes eine Station für den Pferdewechsel auf seinem unvorsichtigerweise abgeänderten Weg ist, eine Station, die er ungehindert zu passieren gedenkt wie alle anderen. Doch Varennes, in Alarmbereitschaft versetzt, ist eine Sackgasse. Der König kann »hineingehen«, doch so, wie ein Wild in eine Falle geht, »hineingehen«, aber nur dadurch wieder herauskommen, daß er mit Gewalt zu seinem Ausgangspunkt zurückgebracht wird.*

Zwei nähere Angaben unterstreichen diesen Eindruck der Ähnlichkeit: die Handlung findet »nachts« statt, und die Person ist »grau gekleidet«. Nun hat sich die königliche Familie, die in der Nacht vom 20. auf den 21. Juni Paris verlassen hatte, in der darauffolgenden Nacht genau um Viertel vor elf bei der Station von Varennes gezeigt, und die Zeugnisse sagen übereinstimmend, daß die Verkleidung des Königs in einem grauen Gewand und einer gewöhnlichen Perücke bestand – so wie übrigens die Königin ein graues Seidenkleid und einen grauen Hut trug. Doch die beiden Übereinstimmungen haben nicht dasselbe Gewicht. In den Centuries *finden mindestens zwanzig Ereignisse »nachts« statt, was natürlich ist, da die Nachtstunden für Gewalttätigkeiten wie geschaffen sind; außerdem steht wie hier »De nuit« etwa zehn-*

mal am Anfang eines Verses, davon viermal am Anfang des Quatrain; wenn also Nostradamus das Ereignis erfunden hat, dann konnte ihm dieser seiner Feder geläufige Hinweis leicht in den Sinn kommen und mußte ihm gefallen, da er die Szene in einem romanhafteren, um nicht zu sagen romantischeren Dekor spielen läßt; so daß diese Übereinstimmung nur negativ von Wert ist, insofern eine Unstimmigkeit in diesem Punkt es erspart hätte, die Untersuchung fortzusetzen. Das graue Gewand dagegen, das Ludwig XVI. mit dem »schwarzen Mönch« teilt, wenn ich so sagen darf, ist um so interessanter, als die »graue« Note, so dicht an »schwarz«, das »schwarz« gewissermaßen Lügen strafend, sicherlich etwas besagen will.

Dritter und wichtigster Punkt: die Beziehung des vierten Verses zu den drei ersten. Das »venir dedans Varennes« ist scheinbar harmlos, so wie Ludwig XVI. zumindest im ersten Augenblick der Meinung sein konnte, daß die Ankunft seiner Kutsche an diesem Ort ungefährlich war. Doch wie der Ankunft Ludwigs XVI. folgen dem »Kommen« des schwarzen Mönchs schreckliche Ereignisse, die der noch verfügbare Vers sofort aufzählt, als wolle er suggerieren, daß sie die Folge davon sind. Dieser Vers, grammatikalisch korrekt, ist dem Leser unseres Jahrhunderts unmittelbar verständlich, außer was die beiden ersten Wörter betrifft: ein bestimmter Mittler, »élu cap(.)« genannt, verursacht einen Sturm – nach dem, was folgt, offensichtlich einen politischen und nicht meteorologischen Sturm – mit Bränden, vergossenem Blut und, in der letzten Silbe des Verses fallend, dem Hackmesser, denn »le tranche« ist im eigentlichen Sinn ein Meißel aus gehärtetem Stahl, mit dem man schlägt, um heißes oder kaltes Eisen zu schneiden. Diese vier Wörter geben eine gute Zusammenfassung dessen, was sich in den neunzehn Monaten, die den weni-

gen Stunden der Affäre von Varennes folgen, ereignen wird. Sie entsprechen im übrigen einer Art der Aufzählung, die in den Centuries *häufig vorkommt, besonders wenn der Autor verschiedene Aspekte oder Momente eines Notstandes zu erkennen geben will, und in solchen Zusammenstellungen finden sich »Feuer« und »Blut« mehrfach nebeneinander, aber nur hier taucht das originellste Wort auf: »tranche«.*

Wer also ist der »esleu cap(.)«, der der Urheber dieser Gewalt sein wird? Die Untersuchung des Vokabulars von Nostradamus, das bisweilen zwar ungewöhnlich, in seiner Auswahl jedoch konstant ist, erlaubt eine Antwort.

»Esleu« – und dasselbe gilt für »élection«, »électeur« [Wahl, Wähler] – bedeutet in den Centuries *einzig und allein das, was wir technisch, politisch unter diesem Wort verstehen: »als weltliches oder religiöses Oberhaupt unter mehreren Kandidaten von Wählern auserkoren«. Dafür gibt es an die zwanzig Beispiele, etwa:*

III	41a:	*Bossu sera esleu par le conseil [Vom Rat wird der Bucklige gewählt].*
	65b:	*Le jour après sera esleu Pontife [Am Tag danach wird der Papst gewählt].*
IV	97c:	*esleu du peuple [vom Volk gewählt].*
V	56a-b:	*Par le trepas du très-vieillard Pontife Sera esleu Romain de bon aage. [Nach dem Tod des sehr alten Papstes wird ein Römer in gutem Alter gewählt.]*

Was das Substantiv »cap(.)« betrifft, so gibt es dafür in den gesamten Centuries *nur drei weitere Beispiele, wenn ich richtig gezählt habe, von denen zwei, wie dieses, der neunten angehören. In allen drei Fällen ist die Bedeutung gesichert: »Chef«:*

In IX 30 c *schreit ein gewisser »cap de Bisance« auf der Straße um Hilfe und scheint sie dann von Cádiz zu erhalten. Was die Funktion betrifft, so handelt es sich offenkundig um dieselbe Person, zweifellos den ottomanischen Sultan, die in IV 38* b *als »chef Bisant[in] captif en Samothrace« bezeichnet wird und von der es in X 62* c–d *heißt: »Chef Bisantin, Sallon de Sclavonie, / A loy d'Arabes les viendra convertir.« Dieser Titel erinnert an VIII 39* a–c, *wo in drei Versen von »prince Bizantin, prince de Tholouses, chef Tholentin« die Rede ist.*

Laut IV 64 d *wird ein Eindringling die Pyrenäen überqueren, widerstandslos Narbonne besetzen und „Par mer et terre fera si grand mener / Cap. n'ayant terre seure pour demeurance« [Zu Wasser und zu Land wird soviel Umtrieb sein, / Daß der Cap. keinen sicheren Rastort findet]: Dieser unselige »cap.« wird weniger Glück haben als der »chef«, von dem es in I 98* d *heißt: »Le chef fuyant sauvé en marine grange« [Der fliehende Chef wird in einer Scheune mitten im Meer gerettet].*

VII 37 ist ein unentzifferbarer Quatrain über ein Schiffsereignis. Er enthält zweimal »chef« (a *und* c*) und einmal »cap«* (d). *Es ist mehr als wahrscheinlich, daß der in* a *bedrohte »chef de nef« derselbe ist wie der »cap«, der in* d *auf das Wort »nefs« folgt und der anscheinend im Meer versunken ist.*

Unter den Bedeutungen des in den Centuries *sehr häufig auftauchenden Worts »chef« überwiegt bei weitem die von »politischer oder militärischer Chef«: nur sehr selten wird es im materiellen Sinn von »Kopf« gebraucht (so VI 92* d*). Doch in der Politik bezeichnet es zuweilen auch abstrakt den höchsten Posten einer politischen Körperschaft, die höchste Macht:*

VI 70a: Au chef du monde le grand Chyren sera [Zum Chef über die Welt wird der große Chyren].

VIII 65b–c: Il parviendra au chef de son empire
Vingt mois tiendra le règne à grand pouvoir.
[Er gelangt an die Spitze seines Reichs,
Zwanzig Monate wird er die Macht ausüben.]

Da wir nichts über die Kompositionsweise der Centuries *wissen, wäre es vergeblich, herausfinden zu wollen, warum in einer kleinen Anzahl von Versen das Wort »cap« dem Wort »chef« vorgezogen wurde. Eine andere Besonderheit dagegen läßt sich verstehen. In IX 20* d, *das heißt in unserer Strophe, sowie in IX 30* c *(mit einem großen C, weil es sich um den Anfang des Verses handelt), erscheint in der Ausgabe von 1566 (der von Pierre Rigaud) »cap« ohne Punkt, während die Ausgabe von 1586 (die von Benoist Rigaud) den Punkt hinzufügt, der auf eine Abkürzung hindeutet, »cap«; in IX 64* d *(mit großem C am Versanfang) schreiben beide Ausgaben »cap.«, wohingegen in VII 37*d *weder die eine noch die andere Ausgabe einen Punkt setzt. Zweifellos hat der Autor oder der Herausgeber oder der Korrektor, der sich nicht auf die Etymologie bezog und zum Beispiel nicht an den »cap d'escouade« dachte, der noch unter Franz I. für »caporal« stand, das Wort »cap« für eine Abkürzung von »capitaine« gehalten, ein Wort, das auch Nostradamus bisweilen im allgemeinen Sinn von »chef« benutzte, einmal in derselben* Centurie, *IX 90* a *(»Un capitaine de la Grand Germanie«) und zweimal in der siebten (9* a, *28* d*).*

Schlußfolgerung: der »esleu cap« in IX 20 d *ist entweder individuell der »Chef« oder das höchste Organ, die aus Wahlen hervorgegangene »Macht«. Die aufdringliche Legislative, der sou-*

veräne Konvent, oder eines ihrer Mitglieder (hier ist Robespierre der beste Kandidat) entsprechen dieser Definition. Das »Kommen nach Varennes« des »schwarzen Mönchs« drängt dem Autor des Quatrain nicht nur das Bild einer blutigen Revolution auf, sondern auch die Behauptung, daß diese Revolution von einer aus Wahlen hervorgegangenen Macht ausgeht: damit sind wir abermals, mit einer neuen Präzisierung, auf die Ereignisse verwiesen, welche die letzten Lebensmonate Ludwigs XVI. ausgefüllt haben. Es ist unwahrscheinlich, daß eine andere Ankunft eines anderen Mannes in Grau in einem anderen Varennes sich je der Struktur dieses heraufbeschworenen Bildes angeglichen hat.

Diese unmittelbar wahrnehmbaren Übereinstimmungen erlauben es nicht, die rätselhaften Wortgruppen in den drei ersten Versen ihrem Geheimnis zu überlassen: Man muß untersuchen, ob nicht die Umstände des Ereignisses von 1791 den Sinn enthüllen, den sie auf den ersten Blick von sich aus nicht preisgeben. Warum wird die Hauptperson durch die Umschreibung »der schwarze Mönch« verschleiert? Was hat es mit jenem »Wald der Königinnen« auf sich, durch den er nach Varennes kommt und der ein so wichtiger Punkt auf seiner Strecke ist, daß er als einziger erwähnt wird? Und was schließlich bedeutet der dicht gedrängte Hinweis ohne sichtbare Syntax, den der zweite Vers gibt?

Herr Espopondie unterbrach mich:

– Vielleicht habe ich in meiner Abhandlung den Unterschied zwischen der Beweisführung des Anfangs, die du gerade vorgelesen hast, und der nun folgenden nicht genügend hervorgehoben. Bisher haben wir nur berücksichtigt, was nicht nur in gewöhnlichem Französisch, sondern auch deutlich, ohne Geheimnis und ohne Metapher geschrieben steht und daher kein Nachdenken erfordert: Es genügt, die Wörter in ihrer üblichen Bedeutung zu akzeptieren, um zu verstehen. Von jetzt an haben wir es mit den beiden Elementen des langen Satzes der Verse *a* und *c* zu tun – dem Wald der Königinnen und dem schwarzen Mönch –, die, obwohl auch sie im allergewöhnlichsten Französisch geschrieben sind und in der Grammatik des Satzes eine gesicherte und einfache Funktion haben, absichtlich rätselhaft sind, die das, was sie zu sagen haben, nicht aussprechen, sondern suggerieren und für die es eines Schlüssels bedarf. Und dieser Schlüssel ist – wenn man annimmt, daß das Ganze kohärent ist – nur in dem zu suchen, was wir bereits erkannt haben; in der soeben analysierten »Ähnlichkeit« der klaren Elemente dieser Verse mit dem Ereignis vom Juni 1791. Zudem ist die dritte Frage, die meine Abhandlung in dem Augenblick, als ich dich unterbrach, der Untersuchung der beiden ersten auszuschließen scheint, als sei sie gleicher Art, in Wirklichkeit anderer Natur: Die Parenthese, die der zweite Vers bildet, ist weder in ihren Bestandteilen noch in deren Anordnung klar, sie ist nicht einmal in gewöhnlicher Sprache geschrieben, sondern in einem konstruierten Französisch. Ich werde auf diesen Punkt zurückkommen, wenn wir zu dieser dritten Frage, zu diesem zweiten Vers kommen werden. Begreiflicherweise aber müssen wir zunächst den offenbar einheitlichen Satz noch vollends aufklären, in dem der zweite Vers nur ein parasitärer Gast ist. Willst du fortfahren?

Ich nahm die Lektüre wieder auf:

Einige Überlegungen zu dem, was sich auf dem Weg von Paris nach Varennes zwischen dem frühen Morgen des 21. Juni 1791 und der Nacht vom 21. auf den 22. ereignet hat, erlauben es, alles zu verstehen.

Die königliche Familie, die die Tuilerien in der ersten Hälfte der Nacht vom 20. auf den 21. in kleinen Gruppen verlassen hat, versammelt sich hinter dem Tor Saint-Martin in der Kutsche, die sie nach Lothringen bringen soll. Der schwedische Graf Axel von Fersen, der der Königin ritterlich ergeben ist und das Ganze organisiert hat, sitzt bis zur Station von Bondy, am Rand des berühmten Waldes, *auf dem Kutschbock.*

In Bondy, gegen drei Uhr nachts und gemäß dem Plan, dessen heikelster Teil glücklich verlaufen zu sein scheint, trennen sich die Insassen der Kutsche in zwei Gruppen. *Auf der einen Seite macht Fersen zu Pferd, in einiger Entfernung von seinem Knappen gefolgt, eine* Kehrtwendung *nach Nordwest, schwenkt dann nach Nordosten und erreicht auf diese Weise,* über alle Täler hinweg, *Mons in Belgien, wo er seine Schützlinge in Bälde wiederzusehen hofft. Auf der anderen Seite setzt die königliche Familie ihren Weg geradeaus nach Osten fort: die Kutsche, nunmehr von einem französischen Edelmann gelenkt und von Postillions begleitet, erreicht und durchquert zwischen Mittag und Abend die endlose* weiße Landschaft der kreidigen Champagne. *Damit ist Bondy angesichts der Geschichte weniger die erste Station, vielmehr der eigentliche Ausgangspunkt des Abenteuers.*

Obwohl man eine Geschichte, die nicht stattgefunden hat, nicht anhand von Mutmaßungen rekonstruieren sollte, darf man doch vermuten, daß diese Trennung in Bondy, abgesehen von dem Kummer, den sie der Königin zweifellos bereitete, zum

Scheitern des Unternehmens beigetragen hat: Die Gefahren, denen man entronnen zu sein wähnte, weil man Paris hatte verlassen können, erwarteten die Kutsche in Sainte-Menehould in der Person des jungen Drouet, des Sohns des Postmeisters. Hätte dagegen der Schwede die Zügel bis zum Schluß in der Hand behalten, dann hätte er wohl nicht so leicht in das falsche Manöver eingewilligt, das der König seiner Ablösung befahl, zweifellos hätte er nicht die Route abgeändert, die er so sorgfältig geplant hatte, und hätte die Kutsche nicht, statt sie nach Verdun zu lenken, in die Sackgasse von Varennes geschickt.

Die Geschichte hat seltsame Wiederholungen. Mehr als tausend Jahre zuvor war im Laufe einer Jagd in diesem selben Wald von Bondy *einer der letzten Merowinger, Childerich II., von aufständischen Vasallen ermordet worden, desgleichen seine Frau, die* Königin *Blitilde (oder Bilichilde). Sein Verbrechen bestand darin, daß er versucht hatte, die von den Hausmeiern usurpierte Macht zurückzuerobern. Eine letzte und vergebliche Anstrengung: Nach diesem Doppelmord sollte das erste Geschlecht sehr bald dem zweiten weichen, dem der Karolinger. In jener Nacht von 1791 hat die kapetingische Königin, die Seele des königlichen und royalistischen Widerstands, keine Zeit, an das Schicksal von Blitilde und der Merowinger zu denken. Bei dieser Rast in Bondy ahnt sie auch nicht, daß einige Monate später der König und sie selbst das Abenteuer unter dem Fallbeil beschließen werden, zu dem ihr Freund Fersen ihr und ihrer Familie geraten hat in der Hoffnung, die von den Volksversammlungen und Parteien mehr und mehr herabgewürdigte königliche Macht wieder zu stärken. So jedoch wollte es die Geschichte.*

In der folgenden Nacht bricht die Reise ab. Eine Stunde vor Mitternacht kommt die Kutsche nach Varennes. *Von Drouet angekündigt, wird der König schnell identifiziert, festgehalten, zur Rückkehr gezwungen. Im Jahr darauf wird der* Konvent – *die erste aufgrund der neuen Verfassung vom souveränen Volk* gewählte *Versammlung – das Königtum abschaffen, die Gewalt erst dulden, dann organisieren: die* Kanonen *im Hof des Louvre, das* Massaker *an den Schweizergarden, sodann alle Schattierungen des* Schreckens. *Die königliche Familie wird ihr Schicksal im Tempel des Klosters erwarten, das zuerst die Soldatenmönche, die ein weißes Gewand mit rotem Kreuz trugen, beherbergt hatte und das Philipp der Schöne nach dem Prozeß und den Scheiterhaufen der Templer dem Zwillingsorden übertragen hatte, den Soldatenmönchen, die ein* schwarzes Gewand *mit weißem Kreuz trugen, den Hospitalitern vom heiligen Johannes zu Jerusalem. Schließlich wird am 21. Januar 1793 den Kostgänger des Tempels das* Fallbeil *treffen. Die Königin hat noch neun Monate zu leben.*

Die Wörter und Wortgruppen, die ich in dem Text hervorgehoben habe, geben eine Antwort auf die noch offenen Fragen.

1. Indem der Quatrain den Flüchtigen durch die Umschreibung »der schwarze Mönch« bezeichnet, verkündet und antizipiert er das Ende des laufenden Abenteuers, projiziert die Folge in die Ursache, die Gefangenschaft im Tempel in das Scheitern von Varennes: Abgesetzt, wird Ludwig XVI., der lächerliche Erbe der Soldatenmönche im schwarzen Gewand, bis zu seiner Verurteilung im Tempel wohnen.

Das Nebeneinander von »schwarz« und »grau« im dritten Vers ist offensichtlich beabsichtigt. Das Gewand, das der König für seine Flucht gewählt hatte, war grau, aber indem der Quatrain durch die Farbe des Gewandes der normalen Bewohner des Tempels außerdem auf seine baldige Gefangenschaft hinweist und damit dem König ein zweites, seinem Amt nicht weniger fremdes Kleid überwirft, drängt er fast unmißverständlich den Begriff der Verkleidung auf und gibt der wirkungslosen Maskerade von 1791 eine tragische Wendung: Ludwig XVI. ist nicht mehr der arme Mann des Louvre, das graue Gewand der Kutsche verbirgt bereits den Märtyrer.

2. Wenn die nahe Zukunft es rechtfertigt, daß der König sozusagen onomastisch als »schwarzer Mönch« verkleidet ist, so trägt die Vergangenheit, eine mehr als tausend Jahre alte Erinnerung, in Verbindung mit dem laufenden Ereignis dem Wald von Bondy den Namen »Wald der Königinnen« ein: Das Schicksal der merowingischen Königin, die an Ort und Stelle niedergestreckt wurde, hat dasjenige vorgezeichnet, das, mit etwas mehr Formalitäten, die kapetingische Königin erwartet: »Reines«, Königinnen ...: dieser Plural birgt eine Harmonie der Geschichte. Derart von zwei Anspielungen auf die symmetrischen Geschicke der beiden Dynastien eingerahmt – Bondy, der Tempel –, erhält das »Kommen nach Varennes« die Tiefe eines Verhängnisses, die es dem Mittelmaß entreißt und zu einem Stoff für Aischylos oder Shakespeare macht.

Und auch wenn es vor allem um den König, die königliche Macht geht, wenn folglich der König es ist, der »nach Varennes kommen wird«, wobei seine Familie gewissermaßen seiner Vormachtstellung untergeordnet ist, so setzt doch die Anspielung auf den »Wald der Königinnen« gleich im ersten Vers Marie-Antoinette wieder in ihre wahre Rolle ein: Energischer und intelligenter als ihr Ehemann, gestützt auf die persönliche Ergebenheit, die sie Fersen einflößt, war sie, obwohl der Quatrain sie nicht einmal erwähnt, diejenige, die diese letzte Anstrengung zur Wiederherstellung der königlichen Macht veranlaßt hat. Die Beschwörung der *ersten »Königin von Bondy« in dem Augenblick, da sie selbst ihrem Phantom nachfolgen wird, spielt in dem Quatrain also die gleiche Rolle wie das erstaunliche Femininum, das ohne grammatikalische Befugnis am Ende des* Cantique de saint Jean *schwebt. Indem Mallarmé den enthaupteten Propheten sagen läßt*

. . .

Illuminée au même	*[Den gleichen geist bezeugend*
Baptême qui m'élut,	*Der mich zum werk berief*
Penche un salut,	*Neigt es sich tief]*

gibt er zu verstehen, daß die Hauptperson seines Dramas nicht der Täufer ist, sondern diejenige, die er nicht einmal nennt, nämlich Hérodiade, die in ihrer Grausamkeit unbefriedigte und durch Grazie verletzbare Mörderin. Alles sieht so aus, als deuteten die beiden Dichter, auf unterschiedliche Weise dem Preziösen nicht abhold, durch eine scheinbar nichtige Besonderheit das Wesentliche an, das sie nicht verdeutlichen können oder wollen.

Herr Espopondie gab mir ein Zeichen, in der Lektüre innezuhalten:

– Entschuldige, daß ich dich unterbreche, aber ich möchte wiederholen, noch stärker unterstreichen, als meine alte Abhandlung es tut, daß die Deutung des letzten dunklen Teils des Quatrain unter anderen Bedingungen erfolgen wird: Nach den Teilen mit korrekter Syntax und klarer Bedeutung sowie anderen, deren Syntax zwar ebenfalls korrekt ist, aber in Form von Rätseln abgefaßt sind, stehen wir nun vor einer Reihe von Teilen, von denen keines, außer einem, rätselhaft wirkt – das heißt, jedes von ihnen scheint im gewöhnlichen Französisch der damaligen Zeit etwas Einfaches zu bedeuten –, die sich jedoch jeder grammatischen Konstruktion entziehen. Das komplizierte Schloß dieses letzten Verstecks ist daher noch schwieriger zu öffnen. Aber auch unser Schlüsselbund hat sich vergrößert. Willst du fortfahren?

Ich nahm die Lektüre wieder auf:

3. Diese Bemerkungen rechtfertigen die Bedeutung, die der Quatrain dem »Wald der Königinnen« und, davon ausgehend, dem beimißt, was sich an jenem Tag in Bondy ereignet hat: der Trennung von Fersen und der königlichen Familie, die die Reisenden nicht nur ihres besten, ihres einzigen Ratgebers beraubte, sondern die Königin auch zutiefst verletzt haben muß. Irgend etwas in dem Quatrain müßte nun andeuten, worin diese Bedeutung von Bondy besteht, eine Bedeutung, die nicht nur geographischer und historischer, sondern auch gefühlsmäßiger und dramatischer Natur ist. Was kann dieses »Etwas« sein, wenn nicht die Parenthese, der zweite Vers, der sich, wie Parenthesen im allgemeinen, als eine Art Auslegung nur auf die Wörter beziehen kann, die ihm unmittelbar vorausgehen: ». . . auf den Wald der Königinnen«, so gibt der Autor zu verstehen, »und deshalb halte ich mich unter den Stationen der Reise einzig an diese.«

Der Vers ist in der höchst elliptischen Sprache geschrieben, ohne Syntax und ohne Verknüpfungen, wie die Centuries *sie häufig verwenden. Er besteht aus vier kräftigen Federstrichen, vier absoluten Ausdrücken, die jeweils für einen Satz stehen können, nacheinander aufs Papier geworfen: (a) »deux parts«, (b) »vaultorte«, (c) »Herne«, (d) »la pierre blanche«. Vor dem ersten und dem letzten freilich stehen wir nicht ganz hilflos da.*

(a) Das Ereignis im »Wald der Königinnen«, die »Zweiteilung« der ursprünglich einheitlichen Gruppe der Reisenden, hat zur Folge, daß an ihrer Stelle zwei Gruppen entstehen, »deux parts«, zwei Teile. Der Ausdruck ist richtig, denn in der Sprache von Nostradamus, der weder das Wort »partie« noch »parti« verwendet, bezeichnet das einfache Wort »part« häufig Menschengruppen, die aus einer zerbrochenen Einheit hervorgehen.

(d) »La pierre blanche«, der weiße Stein, könnte der Name einer Landschaft sein: Er ist es nicht. Aber wir kennen den Weg der Kutsche nach der »Zweiteilung« ihrer Insassen: Bald, und dann stundenlang, bis kurz vor der Argonne, wird die sozusagen Fersen-amputierte königliche Familie zur Rechten wie zur Linken nichts anderes zu sehen bekommen als die Weiße des Bodens, die kreidige Monotonie der Champagne.

In Ermangelung der verschmähten grammatischen Gliederung suggeriert die Nähe dieser beiden Feststellungen für den gesamten Vers, mit Ausnahme von »Herne«, einen logischen Zusammenhang: (a) »zwei Teile« (bilden sich), (b) (der eine definiert als) »vaultorte«, (d) (der andere charakterisiert oder symbolisiert durch die beherrschende Landschaft seiner Reise), »der weiße Stein«. Und diese symmetrische Struktur wiederum suggeriert, daß das Adjektiv (oder Partizip) »vaultorte«, das dem »weißen Stein« die Waage hält, einen Hinweis der gleichen Art liefert, das heißt eine Beschreibung des Wegs, den der »erste Teil« nehmen wird, derjenige, der sich in Bondy von der königlichen Familie gelöst hat: Fersen. Und in der Tat ist dieses nach einer bekannten Art gebildete Kompositum dazu angetan, diese Funktion zu erfüllen, und scheint keine andere erfüllen zu können:

»Vaultorte« steht im Femininum und im Singular. Es verbindet sich also unmittelbar mit dem ersten »part«, dem einzigen

noch verfügbaren, von dem vorausgehenden Plural oder vielmehr Dualis abgeleiteten Teil (falls es sich nicht unmittelbar mit dem Weg verbindet, den dieser »Teil« nehmen wird), da die Existenz dieser beiden »parts« überhaupt nur durch die verschiedenen Richtungen, die sie einschlagen werden, einen Sinn hat.

Das Wort setzt sich zusammen aus vaul(x) *[Tal] und dem Femininum* torte, *das im Altfranzösischen neben* torse *wohlbezeugt ist. Dieses Partizip bezieht sich meist auf die spiralförmige Windung und damit auf die drei Dimensionen des Raums (des »fil tors« [Zwirn], der »Colonne torse« [gedrehte Säule], »Alain Barbe-Torte« [Alain Zwirbelbart]). Hier spielt es lediglich mit den beiden Dimensionen der Erdoberfläche, der Straßenkarte, und da es sich um eine Wegstrecke handelt, muß es eher auf »tournant« [Biegung] denn auf »torsion« ausgerichtet werden:* tort(e) *muß soviel bedeuten wie seine barbarische Doublette, eines jener scheußlichen Partizipien des Küchenlateins auf* -utus, tortu(e), *das der alte Larousse wie folgt definiert: »was teilweise von der geraden Richtung oder von seiner natürlichen Richtung abweicht«, und das auch Nostradamus in diesem Sinn verwendet (V 75* d*), wenn er entweder den Krummstab der Bischöfe oder eher, wie ich glaube, den gekrümmten* lituus *der römischen Auguren »baston tortu« nennt. Vergegenwärtigen wir uns die Zweiteilung von Bondy am Abend des 21. Juni. Während die königliche Familie in nahezu gerader Linie nach Osten weiterfährt, also den Weg fortsetzt, den sie bereits seit Paris zurückgelegt hat, setzt Fersen zu der großen Biegung an, die ihn nach Mons führen wird; es ist sogar mehr als eine Biegung – eine gute Vierteldrehung auf seiner ersten Etappe: Der Reiter, der umkehrt, sich jedoch in Paris nicht zeigen will, macht einen Bogen um die Stadt und galoppiert nach Nordwesten bis Bourget, wo er die*

Straße von Valenciennes erreicht, die ihn wieder nach Nordosten führt.

Was vaul(x) *betrifft, so besteht kein Grund, dem Wort seine präzise Bedeutung zu nehmen. Während die königliche Familie, Bondy verlassend, das Tal der Marne hinauffährt, gelangt Fersen auf seiner »Biegung« nach Belgien: Nacheinander die Becken der Oise, der Somme und der Sambre durchquerend, erreicht er um acht Uhr Senlis, gegen Mittag Compiègne, um zwei Uhr Noyon, um vier Uhr Ham, vor sechs Uhr Saint-Quentin; von hier aus reitet er auf einem Seitenweg nach Le Cateau, kommt in der Nacht durch Landrecies, wechselt das Pferd in Quesnoy, macht einen Bogen um Valenciennes, eine Garnisonstadt, in der er erkannt werden könnte, und verläßt Frankreich in Bavay, einige Meilen von Mons entfernt.*

Schließlich gehört die Verbindung der beiden Wörter in vaul(x)-torte *zu einem Typus freier Konstruktion, den Nostradamus gern benutzt, im allgemeinen übrigens in zwei Wörtern: ein vorangestelltes Substantiv, das einen Hinweis auf den Umstand (Zeit, Ort, Mittel ...) gibt, bezieht sich auf ein Partizip und manchmal einen Infinitiv. Statt der expliziten analytischen Konstruktion wie beispielsweise in:*

IV 9b: *sera blessé* aux *cuisses [am Oberschenkel verletzt],*
VIII 20c: de *sang chappelle teincte [mit Blut gefärbt die Kapelle],*
VIII 59d: par *mer chassé [über das Meer gejagt], usw.,*

liest man:

VI 36d: *Roy nuict blessé (= blessé* pendant *la nuit) [während der Nacht wird der König verwundet],*

IX 30c: *Cap de Bisance rues crier helas (= crier »hélas« à* travers *les rues) [auf der Straße schreit man um Hilfe],*

IX 100a: *Navalle pugne nuit sera supérée (= gagnée* de *nuit) [die Seeschlacht wird in der Nacht gewonnen],*

X 49d: *Beuvant par force eaux souphre envenimées (= empoisonnées* avec *du soufre) [gezwungen, mit Schwefel vergiftetes Wasser zu trinken].*

Man findet diese Konstruktion sogar mit einem eingeschobenen Wort:

III 29b: *terre peres tombez (= leurs pères tombés* à *terre) [ihre an Land gefallenen Väter].*

Oder auch umgekehrt:

III 10d: *Le grand, mené croc en ferree cage (= mené* par *un crochet) [der Große wird mit einem Haken in einem Käfig weggebracht].*

Desgleichen bedeutet vaultorte, *das ebensogut* vaulx torte *geschrieben werden könnte,* »quer über *die Täler gekrümmt«. Das ausgehende Mittelalter verwendete diese Art Komposita, von denen einige noch in unserer heutigen Sprache existieren: se* morfondre *[sich durchkälten] stammt aus dem 12. Jahrhundert,* vermoulu *[wurmstichig] aus dem 13.,* sau-poudré *[bestäubt] aus dem 14.,* boule-versé *[umgestürzt] aus dem 15. Jahrhundert.* Vaulx-torte*: solcherart war der Weg, den Fersen geplant und eingeschlagen hat, und als erstes der Winkel, der »Haken«, den Bondy, Le Bourget und die Straße von Valenciennes auf der Landkarte bilden.*

Da ich ahnte, daß Herr Espopondie diesem neuen Teil seiner Auslegung etwas hinzuzufügen hatte, hielt ich inne.

– Wir sind fast am Ende unserer Mühen angelangt, sagte er. Aber du hast recht, anzuhalten. Was uns noch zu tun bleibt, ist sowohl das Schwierigste wie das Unwichtigste. Das gleiche hätte ich, wenn auch abgeschwächt, bereits in bezug auf den vorangegangenen Schritt sagen können: Der Sinn des zweiten Verses (Schritt C) wurde auf logische Weise ermittelt, aber mühsamer als die Lösung der beiden Rätsel »Wald der Königinnen« und »schwarzer Mönch« (Schritt B), und diese Lösung wiederum, wiewohl einfach, war beschwerlicher als das Aufdecken der ersten, seit langem anerkannten Augenfälligkeiten: »nachts«, »in Grau«, »wird nach Varennes kommen«, sowie der ganze vierte Vers (Schritt A). Wie es sich gehört, haben wir uns also vom Klaren zum weniger Klaren und dann zum Dunklen vorgetastet. Ich glaube weiterhin, daß die Interpretation im ganzen (A, B, C) wahrscheinlich ist, aber die Bedeutung der Resultate hat sich verringert, während die Komplexität der Operationen gewachsen ist. Solltet ihr meine Analyse des zweiten Verses (C) nicht akzeptieren, dann bleibt er zwar mysteriös, steht jedoch den Ergebnissen der ersten Schritte (A und B) nicht im Wege, da seit nahezu vier Jahrhunderten keine andere akzeptable Erklärung vorgeschlagen worden ist und der lesbare Teil des Quatrains immerhin beachtlich bleibt – mit dem grau gekleideten künftigen Gefangenen des Tempels, der nachts nach Varennes kommt, nachdem er den für die Königinnen unheilbringenden Wald durchquert hat, und mit der durch Wahlen geschaffenen Macht, welche die Gewalttaten auslöst, die zum Fallbeil führen. Kommen wir nun zu Schritt D, jenem sonderbaren Wort »Herne«, und sagen wir uns, daß auch dieses Wort, sollte es uns nicht gelingen, es plausibel zu erhellen, der Deutung des Rests des zweiten Verses keinen Abbruch tut, erst recht nicht der Deutung der drei anderen.

Ich nahm die Lektüre wieder auf:

Ein Wort wahrt sein Geheimnis. Zumindest in Frankreich taucht »Herne« weder als Personenname noch als Ortsname auf. Da es auch kein »Gattungsname« ist, verfügen wir, um ihm auf die Spur zu kommen, über drei Zugänge: seine Stellung innerhalb des Verses; die Art und Weise, in der bestimmte Eigennamen in den Centuries *behandelt werden; schließlich die Struktur des Wortes, der Buchstaben und der Silben dieses* hapax. *Reicht das aus, um einen Beweis zu konstruieren? Nein. Aber vielleicht doch, um einen plausiblen Vorschlag zu umreißen. Wenn im Folgenden die Verben mitunter im Modus der Affirmation stehen, dann nur des flüssigeren Stils wegen: zulässig ist allein der Modus der Hypothese.*

Vorbemerkung: Das Wort ist überflüssig, da die logische Verknüpfung des Verses auch ohne ihn besteht. Es gibt nur »deux parts« (a), und deren divergierende, anfangs fast entgegengesetzte Wege sind ausreichend gekennzeichnet ((b) und (c)). »Herne« gehört also nicht zu diesen beiden Hinweisen, sondern bildet für sich allein eine Art Parenthese in der Parenthese. Da »vaultorte« und »la pierre blanche« die Orte *der beiden »parts« betreffen, müssen wir die Bedeutung dieses großgeschriebenen Worts bei den an diesen Orten handelnden Personen suchen.*

Die Stellung. – Dieses scheinbar überflüssige Wort steht weder vor noch nach den beiden Wegbezeichnungen, sondern zwischen ihnen. Es trennt sie. Es funktioniert also wie ein Hinweis auf eine Wegscheide, und die logische Struktur des Verses läßt sich in wenigen Zeichen zusammenfassen:

N
»zwei Wege: ↑—— *Herne → O«*

*Die Verfahrensweisen von Nostradamus. – Auch wenn die meisten Eigennamen in den Quatrains ihre übliche Form haben, andere sind entstellt. Da gibt es zunächst die Beschneidungen, zu denen die Prosodie zwingt (*Carpen *für »Carpentras« in V 76* c, *usw.), oder Abkürzungen, die manchmal sehr weit gehen (*Orl. Roüen*) für »Orléans, Rouen« in IV 61* d, *usw.). Aber es gibt auch Veränderungen, für die wir die Gründe nicht kennen und die sehr verschiedener Art sind: die genaue Inversion (*Eiovas *für »Savoie«), die Vertauschung zweier Buchstaben (*Rapis *für »Paris«,* Argel *für »Alger«,* Loin *für »Lyon«) oder totale Verdrehungen (*Nersaf *für »France«,* Norlaris *für »Lorraine«). Einer der bemerkenswertesten Fälle ist* Chiren *(*Chyren*) für »Henri« (»Henry«, eigentlich »Henric«): der erste und der letzte Buchstabe werden am Anfang des Wortes zu dem französischen* ch *verbunden; dann folgt, in umgekehrter Reihenfolge, der Rest der letzten Silbe (*ir *oder* yr*) und zuletzt, ohne Inversion, der Rest der ersten Silbe (*en*). Der einzige Schluß, der sich aus dieser kleinen Aufstellung ziehen läßt, ist, daß der Autor der* Centuries *sich alle Rechte herausnahm, um etwas zu benennen, ohne es zu benennen, Länder, Städte und Personen, und daß* Herne *noch durch ein ganz anderes Verfahren zustande gekommen sein kann.*

Schließlich die Struktur des Worts. – Herne *enthält alle Buchstaben, die den beiden Namen* Fersen *und* Reine *gemein-*

sam sind und, mit Ausnahme des »stummen h« am Anfang, nur diese. Außerdem ist in der ersten Silbe, derjenigen, die an »vaultorte« anschließt, die Reihenfolge der Buchstaben genau dieselbe wie in (F)er(sen); und in der zweiten Silbe, derjenigen, die an »la pierre blanche« angrenzt, ist ihre Reihenfolge dieselbe wie in (Rei)ne. Auf diese Weise analysiert, vereint »Herne« die »zwei Teile« und trennt sie zugleich, indem es sie jeweils durch die Person charakterisiert, die zwar nicht politisch, aber affektiv die Hauptperson ist: Fersen und sein Diener, die nach Le Bourget und Belgien abbiegen; die Königin und ihre Familie, die in Richtung der weißen Champagne fahren.

Vorhin betrauten Childerich und Biltilde, Schemen des Waldes von Bondy, Aischylos mit dem Unglück des letzten Königspaars von vor der Revolution. Nun vertraut dieses Monogramm die Königin und ihren Ritter unserem Racine an. Das erfundene Wort »Herne« vereint sie nicht nur, es schweißt sie in eben der Minute zusammen, in der ein Pferd und eine Kutsche sie trennen. Die Szene ist wunderbar. Die Postillions, im Sattel, warten auf das Signal. Fersen entfernt sich von dem riesigen Gefährt und grüßt Marie-Antoinette:

– Adieu, Madame Korff!

Diesen Namen trug der Paß der Königin, den Namen einer mit dem Schweden befreundeten russischen Baronesse. Sie sehen sich erst sieben Monate später wieder, drei Abende hintereinander, bei einem waghalsigen Besuch, den Fersen den Tuilerien abstatten kann und den er in seinem Tagebuch erwähnt. Dann überstürzen sich die Ereignisse. Unter dem Datum des 13. August 1792 formuliert das Tagebuch den besten Kommentar zu den letzten Versen des Quatrain von Nostradamus: »élu cap cause tempête, feu, sang, tranche«:

Schreckliche Nachrichten aus Paris. Donnerstagmorgen Sturm auf das Schloß, der König und die Königin in die Versammlung gerettet. Um ein Uhr schlug man sich noch in den Höfen und im Carrousel. Das Blut floß in Strömen, viele Tote und Erhängte, überall wurde ins Schloß eingebrochen, acht Kanonen beschossen es. Romainvilliers getötet, auch Daffy; dichter Rauch ließ vermuten, daß man das Schloß angezündet hatte. Mein Gott, wie furchtbar!

Noch lange bringen geheimnisvolle Schmuggler Briefe. Sogar nach dem 10. August, sogar nach dem 21. Januar. Im April 1793 gibt Fersen in seiner hartnäckigen Hoffnung der »erhabenen Witwe des Tempels«, wie Georges Lenôtre sagt, Anweisung, was sie tun muß, wenn die Armee von Dumouriez in Paris einzieht und sie zur Regentin erklärt. Aber Dumouriez wird nicht in Paris einziehen, und am 16. Oktober, morgens um halb zwölf, fährt Marie-Antoinette im Karren der Verurteilten vorüber, aufrecht, angewidert, die Hände hinter dem Rücken gefesselt, in den Augen Davids die Linien ihres schönsten Porträts hinterlassend.

Das Manuskript endete mit einer neuen Transkription des Quatrain mit seiner logischen Interpunktion:

De nuit viendra par la forêt de Reines
– Deux parts: vaultorte (Herne) la pierre blanche –
Le moyne noir en gris dedans Varennes.
Esleu cap cause tempête, feu, sang, tranche.

In diesem Augenblick gab mir Herr Espopondie, der meiner Lektüre ebenso aufmerksam gelauscht hatte wie seine

Freunde, als vernähme er seinen Text zum erstenmal, durch einen Wink zu verstehen, die Blätter niederzulegen.

– Ich habe, glaube ich, noch ein paar Seiten mit Überlegungen geschrieben, aber ich ziehe eure vor. Da ihr mir die Gunst erweist, mich häufig zu besuchen, werdet ihr mir sagen, was euch an diesen alten Analysen schwach, übertrieben oder tendenziös vorkommt. Sollte das Wesentliche den Messern und Zähnen eurer Kritik standhalten, werden wir unsererseits eine philosophische Kutsche fertigen, in der wir alle Kutscher sind. Wir werden sehen, wohin sie uns führt... Aber ich vergaß! Ein paar Jahre nachdem ich diese Anmerkungen abgefaßt hatte, habe ich mir die *Centuries* noch einmal vorgenommen, andere Quatrains. In meinen Papieren muß es eine kleine Zusammenstellung meiner Funde geben.

Und sich mir zuwendend:

– Wir werden morgen danach suchen. Schade, daß alle diese Träumereien nicht zusammengefügt wurden, aber du weißt ja, daß jeder von uns mehrere Vorratskammern für seine Ideen und seine Lieben anlegt. Die Eichhörnchen haben mehr als eine Speisekammer und die Gebeine der Heiligen mehrere Schreine.

Da es schon spät am Abend war, zogen unsere Freunde sich rasch zurück, mit dem Versprechen, uns ihre Überlegungen und ihre Kritik vorzutragen. Herr Espopondie und ich nahmen ein leichtes Mahl ein, und ich verabschiedete mich, ohne daß an diesem Abend die Rede davon war, Vulcanus zu spielen.

III

Als ich am nächsten Tag eintraf, teilte Herr Espopondie mir mit, daß seine Erinnerung deutlicher geworden sei. Es gebe kein anderes Heft; höchstens ein Blatt mit Notizen, das wahrscheinlich in seinem Exemplar der *Centuries* auf der Seite des 34. Quatrain der neunten stecke. Denn selbst wenn die Verteilung der Quatrains das Resultat eines langen und wiederholten Mischens sei, so komme es doch vor, daß zwei oder drei von ihnen, die ein und dieselbe Weissagung betreffen, in der gedruckten Ausgabe immer noch relativ nahe beieinander stehen. Dies gelte unzweifelhaft für IX 20 und IX 34.

– Daß ich nichts über IX 34 geschrieben habe, so fügte er hinzu, liegt im wesentlichen daran, daß ich, abgesehen vom vierten Vers, nichts zu verändern hätte an dem, was bereits in den üblichen Kommentaren zu finden ist: Die Fülle der Eigennamen in diesem Vers hat der Deutung als Leitfaden und Absicherung gedient. Anstatt unseren Freunden meine Abhandlung über den ersten Quatrain zu unterbreiten, hätte ich vielleicht besser daran getan, ihnen den zweiten vor Augen zu halten, der in ein und demselben Satz den Grafen Narbonne und den Krämer Sauce mit Namen nennt.

Augenblicklich holte ich die *Centuries* aus der dritten Bibliothek. Das Blatt lag genau an der angegebenen Stelle. Es enthielt nur wenige Wörter:

Siehe Le Pelletier, aber:

In a*:* le part *ist »le départ« [Abreise] in Gegensatz zu »retour« [Rückkehr] von* b*;* soluz*: lateinisch* solutus *(und nicht* solus*!);* mary *»Gatte« (und nicht »marri« [mißvergnügt]!, vgl. X* 55 c*);*

In b*: »conflict« im Sinn von »Schlacht«, gut zwölf Beispiele;*

In d*: muß man lesen »par conte (= compte) aux (s)avons d'huile«? vgl. III 78* b.

Die Interpunktion ist in allen vier Versen offensichtlich fehlerhaft und beschränkt sich wie oft mechanisch auf eine einzige Zäsur nach dem zweiten Vers.

Ich las den Quatrain bzw. las ihn erneut, denn er ist ebenso berühmt wie der erste, mit der sehr wahrscheinlichen Interpunktion, die Le Pelletier vorgeschlagen und Herr Espopondie in sein Exemplar eingetragen hatte.

Le part soluz (mary sera mitré),
Retour. Conflict passera sur le thuille
Par cinq cens. Un trahyr sera tiltré
Narbon et Saulce par couteaux avons d'huille.

– Von »conflict« bis »Saulce« sind die beiden Sätze klar, sagte Herr Espopondie. In den *Centuries* ist »conflict« häufig ein Synonym für »Krieg« im politischen und diplomatischen Sinn, aber auch für »Schlacht« mit seiner materiellen Gewalt; das Wort paßt auf das, was sich mit Gewehren und Kanonen während der Aufstände von 1792 in den Tuilerien abgespielt hat. Sieh in den Anmerkungen von Le Pelletier nach.

Ich las:

(Zu »le thuille«): »Le Thuille, der Palast der Tuilerien, im Jahr 1564 unter Katharina von Medici an einer Stelle begonnen, wo ehemals Ziegelöfen standen, und unter Ludwig XVI. vollendet. Zu Lebzeiten von Nostradamus existierte dieser Palast noch nicht. Residenz des Herrschers wurde er erst mit Ludwig XV.«

(Zu »cinq cens«): »Es handelt sich um die fünfhundert Föderierten aus Marseille, die an der Spitze der Pariser Aufständischen in der Nacht vom 9. auf den 10. August 1792 marschierten, in der der Sturz des Königtums Ludwigs XVI. endgültig beschlossen wurde. In der Geschichte der Französischen Revolution *(von A. Thiers, IV, S. 37) heißt es: Der Aufstandsausschuß, der im Jakobiner-Klub tagte, ›verständigte sich mit Barbaroux, welcher die Mitwirkung der Marseiller versprach, deren Ankunft man mit Ungeduld erwartete ... Bestimmt beschlossen war, sich in Waffen aufs Schloß zu begeben und den König abzusetzen.‹ – (Ebd., S. 54:) ›Am 30. Juni erschienen endlich die Marseiller, fünfhundert Mann stark ... Barbaroux ging ihnen bis Charenton entgegen.‹ – (Ebd., S. 69): ›... der Aufstand ist ausgerufen. Es war eilf ein halb Uhr. Die Marseiller treten am Eingang des Saals der Cordeliers zusammen, bemächtigen sich der Kanonen und vermehren sich noch um eine zahlreiche Schaar, welche sich ihnen anschließt.‹ – (Ebd., S. 75:) ›Die Marseiller‹ zogen mit bretonischen Föderierten an der Spitze des Zuges und hatten ihre Waffen auf das Schloß gerichtet.‹«*

Herr Espopondie unterbrach mich:

– Ja, der Satz über den Konflikt des »Thuille« mit seinen beiden genauen Angaben über den Ort und die Zahl kann kaum etwas anderes bedeuten. Sogar das Verb ist gut gewählt: die fünfhundert Marseiller haben sich weder in den

Gebäuden noch in den Höfen des Schlosses niedergelassen; ihr Ansturm ist darüber »hinweggegangen« wie eine Armee über ein Schlachtfeld. Sieh dir nun den letzten Satz an. Er verkündet den »Verrat« einer Person »titré Narbon(ne)«. Nun hat aber nur ein einziger »Narbonne« in der Politik Frankreichs eine bedeutsame Rolle gespielt, und zwar genau in diesem Augenblick: Ludwig, Bastard Ludwigs XV., vermeintlicher Sohn eines gutwilligen Edelmanns, Graf von Narbonne, war in der Tat Kriegsminister Ludwigs XVI. im Winter 1791/92. Doch da ein »Verrat« den anderen nach sich zieht, folgt ihm Sauce auf den Pranger, der Krämer, der zu seinem Unglück in der Nacht, in der Ludwig XVI. »kam«, den Syndikus von Varennes vertrat.

Die Geschichte der Französischen Revolution war mir noch vertraut und somit auch die Namen dieser beiden Personen.

– Wem gegenüber sie Verräter waren und ob überhaupt, haben nicht wir zu entscheiden, fuhr Herr Espopondie fort, Tatsache ist, daß es den beiden gelungen ist, sich sowohl von den Royalisten wie von den Republikanern des Verrats bezichtigen zu lassen. Der Plan, den Narbonne ausgeheckt hatte, um der Monarchie wieder Geltung zu verschaffen, durchkreuzte den Plan der Königin und trug ihm sowohl die Feindschaft des Schlosses wie den Haß seiner Kabinettskollegen und das Mißtrauen der Versammlung ein. Der Krämer Sauce war zweifellos aufrichtig willens gewesen, die königliche Familie in Sicherheit zu bringen, als er sie in seinen Laden aufnahm, aber das Ergebnis war, daß er ihr Entkommen verhinderte; dennoch erntete er nach einigen Tagen der Begeisterung und Popularität bei seinen

Landsleuten nichts als wachsenden Neid und Argwohn, so daß er Varennes für immer verlassen mußte.

– Und das Ende des letzten Verses? fragte ich. »Huile« [Öl] scheint ja durchaus ins Sortiment eines Kramladens zu gehören, und ich weiß, daß Augenzeugen die Königin bei Sauce zwischen Kerzenbündeln sitzen sahen. Doch alles, was zwischen dem Namen Sauce und dem präzisen Wort Öl geschrieben steht, ist unverständlich.

– In der Tat. Der Text ist sicherlich verstümmelt, denn die Verbform »avons« [wir haben] hat an dieser Stelle überhaupt keinen Sinn, ebensowenig wie »coutaux« (1568 »couteaux« [Messer]). Es kommt häufig vor, daß in den *Centuries* Wörter, vor allem »kleine Wörter«, von den Herausgebern falsch identifiziert und falsch getrennt wurden. Ich erinnere mich – aber wo? – an ein »l'on sacre à Saturne«, das in den beiden Rigaud-Ausgaben vorkommt und das man natürlich zu »consacré à Saturne« korrigieren muß. Anderswo muß »en tout« als »entour«, »tardue« als »tard le« gelesen werden. Wieder an anderer Stelle ist »auprès du lac Trasimen *l'axur prinse*« ein Abschreibfehler für »la surpri(n)se«. Sieh dir den Text an, auf den mein Zettel verweist. Ich las den 78. Quatrain der dritten *Centurie*:

Le chef d'Escosse, avec six d'Allemagne
Par gens de mer Orient aux captif,
Traverseront le Calpre et Espagne
...

So lautet der – absurde – Text der ersten Ausgabe, doch die Ausgabe von 1568 berichtigt: »Par gens de mer Orientaux captif«, das heißt »von orientalischen Seeleuten gefangengenommen«.

– In unserem Quatrain, sagte Herr Espopondie, ist zweifellos das Gegenteil passiert, das diese Ausgabe nicht berichtigt hat: Ein unabhängiges »aux« muß mit dem vorausgehenden Substantiv verschmolzen sein. Da wir es mit einem Ölhändler zu tun haben, kommen »savons« [Seifen] nicht unerwartet. Ich meine also, daß der Schluß des letzten Verses richtig heißen muß: »... aux savons d'huile« – eine recht gute Umschreibung der »Kerzen«, in deren Nachbarschaft Marie-Antoinette viele Stunden verbrachte. Ohne Zweifel verbergen sich hinter dem unmöglichen »avons« eben diese »savons«: Es ist durchaus möglich, daß am Ende dieses Verses das *s* von »savons« mit dem *x* von »aux« verwachsen ist: Im übrigen kommt es in den *Centuries* öfter vor, daß ein Anfangskonsonant in solchen Fällen wegfällt. So beispielsweise in einem der letzten Quatrains der achten *Centurie*: »Par Arnani Tholoser isle franque«, wo die Ausgabe von 1568 »isle« richtig durch »ville« ersetzt hat, aber wahrscheinlich findet sich das falsch verstandene *v* von »ville« in *r* verwandelt in dem merkwürdigen Ende von Toulouse wieder: »Tholoser«.

Was das Substantiv betrifft, an welches sich das »aux« auf diese Weise angehängt hat, so kann es nicht »coût« [Kosten] sein, denn dieses wäre in der Orthographie von Nostradamus »coust« geschrieben worden. Es handelt sich vielmehr um das falsch gelesene »conte«, das heißt »compte« [Rechnung]: Mehr als einmal werden in den *Centuries u* und *n* auf diese Weise vertauscht. Ich behaupte nicht, daß mein Ergebnis glänzend ist, aber es ist nicht mehr unverständlich und entspricht von Anfang bis Ende dem Beruf von Sauce: »Et Saulce, par compte aux savons d'huile«.

Außerdem stimmt »compte« nicht nur mit dem Beruf des unseligen Krämers überein, sondern auch mit der Art der Schwierigkeit, nämlich dem Verdacht des Verrats, in den er später aufgrund seines Verhaltens gegenüber dem König gerät – was die Präposition »par« erklären würde: Die Rechnungen wären das Mittel oder der Beweis des »Verrats« gewesen. Tatsächlich haben die Rechnungsbücher eine große Rolle dabei gespielt. Versuche, das Buch von Lenôtre zu finden, *Le Drame de Varennes*, und sieh im Kapitel »Le père Sauce« nach. Ich erinnere mich, daß es etwas darüber enthält.

Ohne Mühe fand ich das Buch und die angegebene Stelle. Ich las:

Schon am nächsten Tag begannen die Beschuldigungen. Man fand es merkwürdig, daß der stellvertretende Syndikus eine ganze Nacht lang »den König in seinem Haus in Beschlag genommen« hat; viele waren davon überzeugt, daß Ludwig XVI. seines Gastgebers »Glück gemacht hatte«, damit dieser ihm bei der Flucht half, und daß Sauce, nach Erhalt des Geldes, die königliche Familie bis zur Ankunft der Pariser Kommissare eingeschlossen gehalten hatte; eine zweischneidige Anklage, die sowohl die Patrioten wie die Royalisten empörte. Andere machten ihn verantwortlich für die Repressalien, von denen Varennes bedroht wurde, für die Ausgaben und die Mißlichkeiten aller Art, die aus der Angelegenheit erwachsen waren …

… Während die Post jeden Tag Glückwunschadressen

aus allen Teilen Frankreichs brachte, in denen der Name Sauce in den Himmel gehoben und gleich dem der größten Helden der Antike gepriesen wurde, sah sich der arme Krämer und Kerzenhändler von seinen Landsleuten kritisiert, diskreditiert, verunglimpft. Eines Tages erklärte er dem Gemeinderat rundheraus, bei der Prüfung seiner Rechnungsbücher habe er entdeckt, daß fünfzig Pfund zweimal verwendet worden seien. Er händigt dem Gemeindeschreiber die Summe aus. Sofort bezichtigt man ihn der Unterschlagung. Man hält Versammlungen ab, »um eine Untersuchung gegen ihn einzuleiten«. Seine Feinde ließen nicht locker. Man entzog ihm das Amt des stellvertretenden Syndikus, und er wurde auf den bescheidenen Posten eines Kanzleischreibers des Friedensgerichts versetzt. Man nahm seine Rechnungsbücher unter die Lupe, fand Fehler darin und bat das Departement um die Erlaubnis, ihn zu verklagen zwecks Rückerstattung der unrechtmäßig bezogenen Summen und Verfolgung einer Urkundenfälschung hinsichtlich der ausgehändigten Quittungen. Er war gezwungen, Varennes zu verlassen, und wanderte nach Saint-Mihiel aus, wo er die Stelle eines Gerichtsschreibers erhielt...

– Du siehst, schloß Herr Espopondie, welche Rolle die Rechnungen in der – für ihn leider politischen – Karriere dieses Kerzenhändlers (sagt die Geschichte), Ölseifenhändlers (sagt der Quatrain) gespielt hat. Der andere Quatrain hatte uns schon gezeigt, auf welche Weise Nostradamus bisweilen die Zeit zusammendrängt, die Folge in der Ursache vorwegnimmt. Das kann auch hier der Fall sein: »et

Sauce par compte aux savons d'huile« würde heißen: »und Sauce, der Kerzenhändler, wird nach dem Aufenthalt des Königs *mittels* seiner Rechnungen des Verrats überführt«.

– Mag sein, sagte ich. Es bleibt aber noch ein erster verwirrender Vers.

– Nicht unbedingt. »Part« im Maskulinum kann nur das Verbalsubstantiv von »partir« [abreisen] im üblichen Sinne sein – so wie die *Centuries* das von »piller« abgeleitete Wort »la pille« im Sinn von »Beute« verwenden. »Le part« ist »le départ«, die Abreise. Tatsächlich hat »despart« bei Nostradamus eine andere Bedeutung, »Teilung, Trennung«, die mit der anderen Bedeutung von »partir« zusammenhängt, die zwar schon vor dem 16. Jahrhundert verlorengegangen ist, sich aber in dem weiblichen Substantiv »la part« wiederfindet. Außerdem beraubt Nostradamus die Komposita dieser Art gern ihrer Vorsilbe (»piation« für »expiation«, »viendra« für »deviendra«, »porte« für »comporte«...). »Le part« steht also exakt dem »retour« am Anfang des folgenden Verses entgegen. Es sieht so aus, als bilde es hier mit dem Partizip »soluz« – im Mittelalter hieß es »sols« und »solu« – eine Art *Ablativus absolutus*. »Le part soluz... retour« läßt sich mit einer der Bedeutungen des lateinischen Verbs *solvere* erklären, »lösen, regeln« (der einzigen im Mittelalter üblichen Bedeutung von *soldre*): »nachdem die Frage der Abreise geregelt war (negativ, durch das Scheitern), steht die Rückkehr an«; oder auch, mit der ersten, etymologischen Bedeutung von *solvere*, »auflösen«: »da sich die Abreise erledigt hat, wie wir sagen, gleich dem Traum von Perrette zerronnen ist, steht die Rückkehr an.« In beiden Fällen – da der restliche Quatrain auf die Folgen des

Dramas von Varennes und durch den letzten Vers mit »Sauce« sogar auf das Drama selbst verweist – entsprechen jene »beendete Abreise« oder jener »zerronnene Plan einer Abreise« sowie jene Rückkehr genau den Ereignissen vom 21., 22. und 23. Juni 1791.

– Damit erklären Sie die beiden ersten Wörter des ersten Verses. Und was machen Sie mit den drei anderen, »mary sera mitré«?

– Wenn »retour« den Hauptsatz bildet, dessen Nebensatz »le part soluz« ist, dann spielen die Wörter »mary sera mitré« weder im einen noch im anderen eine Rolle, und außerdem beweist die Anwesenheit eines eigenen Verbs, »sera« [wird sein], daß sie in der Tat autonom sind. Wieder einmal haben wir es mit einer jener Parenthesen zu tun, wie sie in den *Centuries* so häufig vorkommen: Was immer sie bedeuten mag und selbst wenn keine plausible Bedeutung für sie gefunden werden könnte, würde sie das Gleichgewicht des Quatrain nicht verändern. Das ist jedoch nicht der Fall. Sie hat eine wahrscheinliche, tragische und triviale Bedeutung: »der Ehemann wird die phrygische Mütze tragen.« Daß »mary« eher »mari« [Gatte] bedeutet und nicht »marri« [mißvergnügt], wie Le Pelletier angenommen hat, ist *a priori* wahrscheinlich. Das Wort taucht nur noch ein zweites Mal bei Nostradamus auf (bestimmt habe ich die Stelle am Rand notiert), und es hat genau diese Bedeutung.

Ich fand die tatsächlich am Rand vermerkte Stelle und las (X 55):

Les malheureuses nopces celebreront
En grande ioye mais la fin malheureuse,
Mary et mere nore (= la bru) desdaigneront...

[Die unselige Hochzeit werden sie feiern
In großer Freude, aber das Ende ist unglücklich,
Gatte und Mutter verachten die Schwiegertochter...]

– Und was »mitré« betrifft, fuhr Herr Espopondie fort, so wurde das Wort schon seit langem nach dem lateinischen *mitra* interpretiert, die Mütze, die die Phrygier des Nahen Ostens trugen, bevor sie sich in die bischöfliche Mitra verwandelte. Sieh nach, ob in Le Pelletier nicht eine Anmerkung steht.

Ich las:

Die sogenannte Mütze »der Freiheit« erinnert aufgrund ihrer phrygischen Form an die antike Kopfbedeckung der Priester des Mithras (sic!). In der *Geschichte der französischen Revolution* von A. Thiers lesen wir einen Bericht der Ereignisse des 20. Juni 1792 (III, S. 101): »Das Schloß (der Tuilerien) war bald geleert (vom Pöbel, der es gewaltsam eingenommen hatte), die Menge zog sich ruhig und in Ordnung zurück. Es war etwa 7 Uhr abends. Sogleich eilten der König, die Königin, ihre Schwester und ihre Kinder zusammen und vergossen einen Strom von Thränen. Der König, welchen der Auftritt betäubt, hatte noch die rothe Mütze auf; erst jetzt bemerkte er sie und warf sie mit Unwillen von sich.«

– Genau das ist es. Du wirst bemerken, daß der König auch hier nicht direkter benannt wird als im 20. Quatrain: »der schwarze Mönch«, der durch den Wald der Königinnen nach Varennes kam, ist hier »der Gatte«, ein erneuter Bezug auf die Person, die eng mit ihm verbunden ist und die, mehr als er selbst, das Spiel betreibt, bei dem sie beide verlieren werden, nämlich die Königin. Außerdem flicht die Reihenfolge der Szenen erneut die (spätere) Konsequenz in die Ursache ein: »nach dem Scheitern der Abreise – und die Folge dieses Scheiterns wird die symbolische Mütze auf dem Haupt des Königs sein – steht die Rückkehr an.«

– Diese Sache mit der Reihenfolge scheint mir wichtig zu sein, sagte ich.

– Ja, wir werden das mit unseren Freunden erörtern. Zweifellos ist sie ein Merkmal der Denkweise, die in diesen Quatrains zum Ausdruck kommt. Wenn du übrigens den gesamten Quatrain 20 mit dem gesamten Quatrain 34 vergleichst, kannst du bereits im einen wie im andern etwas hinsichtlich der Reihenfolge bemerken. Im ersten beschreiben die drei ersten Verse die Episoden in ihrer realen Abfolge, mit Ausnahme der warnenden Erwähnung des »schwarzen Mönchs«, des Königs als Gefangenen des Tempels, während er sich noch in der Kutsche befindet. Es handelt sich um sehr dicht beieinander liegende Episoden, die in weniger als vierundzwanzig Stunden aufeinanderfolgen: die Station von Bondy, die divergierenden Wege Fersens und der Kutsche, die Ankunft in Varennes. Und dann tut sich zwischen dem dritten und dem vierten Vers gleichsam ein Abgrund auf: Über eine Vielzahl anderer, nicht erwähnter Episoden hinweg werden sogleich die letzten und dramatischsten Konsequenzen aufgezählt, wodurch zwischen der Ankunft in Varennes und der Absetzung und schließlich dem Tod des Königs ein großes Loch von mehreren Jahreszeiten entsteht. Genau dieses Loch markiert in großen Zügen der Quatrain 34: Indem 34 *a* den »esleu cap« und die stürmischen Ereignisse, die dieser in 20 *d* verursacht, auf später verschiebt, nimmt er den Faden der Ereignisse unmittelbar nach der unheilvollen Ankunft in Varennes auf: Nach dem Scheitern der Abreise steht die Rückkehr an; doch zwischen der »Abreise« und der »Rückkehr« nimmt hier eine Parenthese – mit der dem König aufgenötigten phrygischen Mütze – die erste, noch unblutige Gewalttat vorweg, die sich fast auf den Tag genau ein Jahr später aus dieser erzwungenen Rückkehr ergeben wird: das erste Eindringen in die Tuilerien im Juni 1792. Und als habe der Autor über die Ursache oder besser über den für diese Verschlimmerung Verantwortlichen nachgedacht, werden wir zurückversetzt in die Zeit des wirklichen oder vermeintlichen Verrats des adligen Verräters, Narbonne, der tatsächlich vom 6. Dezember 1791 bis zum 10. März 1792 die Politik des Kabinetts lenkte; schließlich werden wir, da ein Verräter an den nächsten erinnert, noch weiter in die Vergangenheit gezogen, die verhängnisvolle Nacht vom 21. auf den 22. Juni 1791, zu Sauce, dem Syndikus von Varennes. Zwischen den ersten und den letzten Wörtern des Quatrain hat sich der Kreis damit geschlossen, die von dem Krämer und Kerzenhändler ausgegangenen Mißgeschicke führen zu ihm zurück und brandmarken ihn.

– Das alles ist logisch, aber von einer verdächtig flexiblen Logik!

– Sie ist eher beweglich denn flexibel. Das Denken huscht von einer Episode zur andern wie die Finger des Pianisten über die Tasten. Manchmal schlägt es Akkorde an, weckt Erinnerungen. So wie die Ereignisse aus den Quatrains hervorgehen, bilden sie eine Melodie.

– Ist es vernünftig, über diese beiden Quatrains zu theoretisieren, die doch zusammengenommen nur ein einziges Zeugnis sind? Um die Denkweisen beschreiben zu können, die ihnen zugrunde liegen, müßte man eine große Zahl von ihnen analysiert und gedeutet haben...

– Nicht unbedingt. Diese beiden Quatrains liefern aufgrund ihrer vielen Details dem Analyselabor gutes Material.

– Trotzdem wären weitere Beispiele willkommen. Kennen Sie keine anderen? Warum haben Sie Ihre nostradamische Philologie nicht weiterentwickelt?

– Zumindest einer der Quatrains, die man auf Napoleon bezieht, beeindruckt durch die Umschreibung, die offenbar »den kleinen Glatzkopf« der Geschichte glossiert, sowie durch präzise Hinweise auf die Dauer einer »tyrannischen« Herrschaft im griechischen Sinne, das heißt einer Herrschaft, die keiner erblichen Legitimität entspringt, sondern usurpiert oder erobert wurde.

Ich fand rasch einen der drei Quatrains, in denen von dem »geschorenen Kopf« die Rede ist (VII, 13). Ich las:

De la cité marine et tributaire
La teste rase prendra la satrapie:
Chasser sordide qui puis sera contraire;
Par quatorze ans tiendra la tyrannie.

[Von der tributpflichtigen Hafenstadt
Nimmt der geschorene Kopf die Statthalterschaft:
Er verjagt den Elenden, der dann gegen ihn sein wird;
Vierzehn Jahre lang wird er die Tyrannei aufrechterhalten.]

Spaßeshalber improvisierte ich eine Auslegung:

– Von Ajaccio auf der vor kurzem eroberten Insel aus wird der künftige Kleine Glatzkopf zur höchsten Macht aufsteigen, die Korrupten vertreiben, die ihm später entgegentreten werden. Er wird die Herrschaft vierzehn Jahre behalten.

– Hm! Ob er nun aus seiner korsischen Stadt kommt oder seine glorreiche Karriere damit beginnt, daß er Toulon zur Kapitulation zwingt, ob er das elende Direktorium oder den verhaßten Engländer verjagt oder einfach Talleyrand entläßt, denn das alles ist vorgeschlagen worden...

– Ich verstehe, damit Sie sich für einen Quatrain näher interessieren, muß er mindestens einen seltenen Eigennamen oder dessen Äquivalent enthalten.

– Ja. Vielleicht ersetzt der »geschorene Kopf« den Eigennamen...

Dabei ließen wir es bewenden. Herr Espopondie war sichtlich erschöpft. Nach dem leichten Mahl, das wir zu uns zu nehmen pflegten, schlug ich vor, auch heute abend darauf zu verzichten, die persönliche Vergangenheit des Meisters zu erkunden und ins Feuer zu werfen. Als ich mich zurückzog, sagte er:

– Prüfe und vervollständige das philologische Gerüst dieser alten Beweisführung, wenn du Zeit hast. Behandle

Nostradamus als ernst zu nehmenden Autor. Stelle sein Vokabular zusammen, erhelle ihn durch sich selbst. Das ist sicherer, als über diese Quatrains die Wörterbücher der alten Sprache auszuleeren. In drei Tagen kannst du den jungen Leuten meinen Text noch einmal vorlesen oder zusammenfassen, und wir werden uns anhören, was sie dazu zu sagen haben.

IV

Die beiden folgenden Vormittage verbrachte ich damit, Nostradamus wie Vergil und die Glossen von Herrn Espopondie wie die des Grammatikers Servius zu behandeln. Ich fand nichts, was die These von Herrn Espopondie entkräftete. Ich konnte nichts anderes tun, als für jede seiner Erörterungen weitere parallele Beispiele zu sammeln. Diese Tabellen sind abgeschmackt: Der Leser mag sie getrost überspringen und später auf sie zurückkommen, wenn er sich von diesem Spiel gepackt fühlt.

Ich begann mit dem Quatrain 34. Mühelos gelang es mir, die orthographischen Berichtigungen zu untermauern, die Herr Espopondie für den unverständlichen vierten Vers vorgeschlagen hatte, »et Saulce par conte (= compte) aux savons d'huile«.

Was falsche Worttrennungen angeht, so fand ich außer dem Beispiel VI 78 *b*, das unser Meister genannt hatte, auch »l'on sacre à Saturne« in VIII 29 *a*; »en tout« in II 44 *a*, »l'azur prinse« in VI 39 *c*. Neu hinzu fügte ich »feu la cité et l'anne tranchera« in VI 80 *b*, wo die Ausgabe von 1568 »l'anne« zu »lame« [Schwertklinge] korrigiert hatte. Bei »coutaux« (oder »couteaux«) für »conte aux« wurden einfach irrtümlich zwei Wörter zu einem verschmolzen wie in dem monströsen »tardue« von II 96 *c*, das die Ausgabe des zweiten Rigaud richtig in »tard le« zerlegt hat.

Bezüglich des falschen *u* jenes »cout(e)aux« im selben Vers, das Herr Espopondie zu *n* berichtigt hatte, bemerkte ich den gleichen Wechsel von *n* zu *u* in VI 34 *b*, wo »au« eine falsche Schreibweise für »un« ist, sowie die umgekehrte Vertauschung in IX 51 *c*, wo man »un« (1568) lesen muß und nicht »an« (1566).

Für »le part« (= »départ«) im ersten Vers desselben Quatrain fand ich die Parallelen, die Herr Espopondie genannt hatte: »piation« in IX 46 *b*, »viendra« in I 88 *c*, »porte« in V 60 *b*.

Ausführlicher befaßte ich mich sodann mit einigen Bedeutungsproblemen, die der Quatrain 20 aufwirft. Vor allem der vierte Vers. Ich verifizierte, was Herr Espopondie kurz ausgeführt hatte, um zu beweisen, daß »cap(.)« ein Äquivalent für »chef« ist und keine Abkürzung von »Cap(et)«; und daß »esleu«, das die ganz präzise Bedeutung von »gewählte Person« hat, nicht mit »konstitutionell« zu übersetzen ist, da die Verfassunggebende Versammlung Ludwig XVI. keineswegs »wählte«, sondern sich auf die Feststellung beschränkte, daß die Dynastie der Kapetinger regierte, und vom sechzehnten Ludwig lediglich verlangte, einige Einschränkungen seiner Macht zu akzeptieren.

Im ersten Vers wunderte mich beim Wort »Reines« die Orthographie: in VII 16 *a*, IX 77 *c*, X 17 *a* liest man »Royne«, »les Roynes«, wie es Mitte des 16. Jahrhunderts üblich war. Sollte das *ei* die Aussprache vorwegnehmen, die sehr viel später in Paris überwog? Jedenfalls kann es sich nur um die offenkundige Bedeutung »regina« handeln. Ich weiß nicht mehr, welch kühner Geist »Reines« in »Reims« korrigiert hat, unter dem Vorwand, daß die Kutsche auf ihrem Weg durch den »Wald vom Reims« gekommen ist. Und der Reim?

Mit »deux pars« im zweiten Vers hielt ich mich nicht lange auf, denn die Bedeutung von »part, pars« im Sinn von »partie, parties« (oder »parti«) [Teil(e)] ist in den *Centuries* üblich, und zwar nicht nur im Ausdruck »la plus part« [der größte Teil] (II 57 *c*, 83 *b*, VI 61 *b* ...) oder »la plus grand part« (III 59 *b*, IV 35 *b*, VI 13 *c*), sondern ganz allgemein: So liest man in III 99 *c*: »Camps de deux pars conflict sera si aigre« [auf beiden Seiten wird die Auseinandersetzung hart sein], und in IV 80 *b*: »en quinze pars sera l'eau divisée« [in fünfzehn Teile wird das Wasser geteilt]; die Insassen der Kutsche von 1791 werden sich zu ihrem Unglück in »zwei Teile« teilen. Bei Nostradamus gibt es keinen Beleg dafür, daß man unter »deux pars« die beiden Elemente eines Ehepaars zu verstehen hätte.

Am meisten beschäftigte mich »vaultorte«. Das Wort ist unverkennbar genauso gebildet, wie Herr Espopondie behauptet hatte. Ich vergnügte mich damit, die Verse, in denen die Präposition, die das Objekt logisch einführt, *vorhanden* ist, den Versen gegenüberzustellen, in denen sie unterschlagen ist. Es sieht so aus, als habe Nostradamus unterschiedslos beide Konstruktionen verwendet.

Vorhanden (insbesondere mit der Präposition »par« und ihren verschiedenen »Wertigkeiten«):

III 91 a–b: L'arbre qu'était *par* long temps mort séché
Dans une nuit viendra a reverdir.
[Der Baum, der lange Zeit vertrocknet war,
Wird eines Nachts wieder grünen.]

VIII 19 c: *De* mort famille sera presque accablee [Fast die ganze Familie wird vom Tod erdrückt werden].

VIII	*59d*:	*par* mer chassé [über das Meer gejagt].
VIII	*75c*:	La mère à Tours *du* fils ventre aura enfle [Die Mutter in Tours geht mit einem Sohn schwanger].
IX	*9c*:	eau passant *par* crible [Wasser, das durch ein Sieb läuft].
IX	*97d*:	premiers *en* brèche entrez [die ersten dringen durch die Bresche], usw.

Unterschlagen:

III	*17a*:	Mont Aventine brusler nuit sera veu (= *pendant* la nuit) [in der Nacht sieht man den Aventin brennen].
IV	*89b*:	de miel face oint (= *sur* la face) [im Gesicht mit Honig gesalbt].
VIII	*82d*:	Dedans Turin rapt épouse emmener (= *par* rapt) [Durch Raub wird die Braut nach Turin gebracht], usw.

Schließlich grübelte ich über den letzten Vorschlag nach, das »Herne« des zweiten Verses. Ich konnte ihm nichts hinzufügen, und das *H* am Anfang statt des *F*, das eine Erklärung zu erfordern schien, störte mich nach wie vor.

Der Leser sei unbesorgt: Diese Philologie ist beendet. An den folgenden beiden Abenden kehrten Herr Espopondie und ich zu unserer täglichen Arbeit zurück: In stillschweigender Übereinkunft hatten wir Nostradamus zurückgelegt. Viele Papiere wurden kommentarlos ins Feuer geworfen.

Am dritten Tag waren unsere beiden Freunde, Herr von Momordy und Charles Leslucas, pünktlich zur Stelle: Um fünf Uhr war »die Gesellschaft des Denkens«, wie man damals sagte, vollzählig. Herr Espopondie bat mich, den Quatrain 34 vorzulesen und, um das Gedächtnis aufzufrischen, seine Abhandlung über den Quatrain 20 zusammenzufassen. Das tat ich, wobei ich die Gliederungen, die unterschiedlichen Grade der Augenfälligkeit oder Wahrscheinlichkeit – A, B, C, D – hervorhob und gelegentlich meine eigenen Statistiken heranzog. Als ich geendet hatte, war es bereits nach sieben, zu spät, um zu diskutieren, und vor allem erbaten unsere beiden Freunde eine Frist, um ihr Urteil ausreifen zu lassen.

Im übrigen kannten beide diese Stellen aus den *Centuries*, sowohl den Quatrain 34 als auch den Quatrain 20: Wer von uns hätte in seiner Jugend nicht nostradamische Anwandlungen gehabt? Die Beweisführung erschien ihnen gut aufgebaut, aber sie wollten im Buch selbst nachschlagen und den Text einer eigenen philologischen Kritik unterziehen, die Geschichtsbrocken verifizieren, die in Bondy, im Tempel und im »Sturm« von 1792 mobilisiert wurden.

Als wir uns wenige Tage darauf wiederfanden, hatten sie in der Tat gute Arbeit geleistet. Herr von Momordy beglückwünschte Herrn Espopondie zu seinem Scharfsinn, gestand jedoch, daß er auf einige Schwierigkeiten gestoßen sei.

Er hatte das Verzeichnis der Kommunen Frankreichs konsultiert und festgestellt, daß Varennes ein sehr gebräuchlicher Ortsname ist. In den Departements Aisne bis

Tarn-et-Garonne, Maine-et-Loire bis Côte d'Or gebe es davon nicht weniger als 31, darunter 7 Flurnamen: 12 Varennes, 1 Les Varennes, 5 Varennes in Verbindung mit einem anderen Namen (vom Typ »Varennes-Changy«), 1 Varennes-le-Grand und die übrigen mit einer Präposition (»Varennes sur, sous, lès, en«, nach dem Muster Varennes-sur-Loire, Varennes-lès-Mâcon). Schmälerte diese Fülle nicht die Besonderheit des in den *Centuries* nur ein einziges Mal erwähnten Orts?

Ich erwiderte, daß Herr Espopondie diesen Einwand vorausgesehen habe. Kein anderes Varennes als Varennes-en-Argonne hat in der Geschichte Aufmerksamkeit erregt, weder durch eine nennenswerte nächtliche »Ankunft« noch durch eine besondere Beziehung zu einer blutigen politischen Krise, worauf die Verschränkung des letzten Verses des Quatrain mit den drei vorausgegangenen Versen hinweist. Und auch kein anderes bedingt durch seine Umgebung die Erwähnung eines »weißen Steins«.

Andererseits wußte Herr von Momordy sehr gut, daß die Hospitaliter vom heiligen Johannes zu Jerusalem nach der Hinrichtung der Templer deren Hinterlassenschaft, insbesondere den Tempel, aus den Händen des habgierigen Philipp des Schönen erhalten hatten, übrigens gegen einen ansehnlichen Geldbetrag, obwohl er ihnen schon 1312 durch eine Bulle unentgeltlich zugesprochen worden war, gemäß einem Beschluß des Konzils von Vienne. Waren sie aber auch zu der Zeit noch dort, als die Revolution die Güter des Klerus verstaatlichte und über den Tempel verfügte, einen im übrigen wiederaufgebauten Tempel, der sich stark von der Festung unterschied, die er ursprünglich gewesen war? Und waren die Hospitaliter am Ende des 18. oder sogar im 16. Jahrhundert wirklich die »schwarzen Mönche«, die sie zunächst aufgrund ihres benediktinischen Erbes gewesen waren, im Gegensatz zu den Templern, den argwöhnischen Besitzern der weißen Farbe?

In diesen beiden Punkten konnte ich Herrn von Momordy beruhigen, den ich für besser informiert gehalten hätte, obwohl sein Adel nur ein Amtsadel war. Ich brauchte im Nebenzimmer nur den letzten Teil des siebenbändigen Larousse vom Anfang des Jahrhunderts zu holen, denn im Jahre 1924 benutzten wir diesen noch ständig. Darin konnte er unter dem Stichwort »Tempel« folgendes lesen:

Das Kloster war in der zweiten Hälfte des 12. Jahrhunderts im Nordosten der Stadt gegründet worden, außerhalb der Stadtmauer von Philipp August. Den Templern folgten die Hospitaliter vom heiligen Johannes zu Jerusalem, die hier die große Priorei von Frankreich errichteten. Diese Würde behielt es bis zur Revolution, glich aber immer weniger einer Festung und immer mehr einem Palast, wobei der letzte wichtige Umbau damals weniger als zwanzig Jahre zurücklag. Ludwig XVI. und die königliche Familie wurden nach dem Aufstand vom 10. August dort eingekerkert. Nachdem es noch weitere berühmte Gefangene beherbergt hatte, einen englischen Admiral, Pichegru, Moreau, Cadoudal, wurde es 1811 abgerissen und sogleich durch ein Gebäude im Stil der Hallen ersetzt, das zu Beginn unseres Jahrhunderts, im Jahre 1904, ebenfalls der Spitzhacke zum Opfer fiel.

Was die Farbe des Gewandes betrifft, so nahm ich einen anderen Band zur Hand und gab ihm den Artikel »Malteserorden« zu lesen. Der Orden der Hospitaliter vom heiligen Johannes zu Jerusalem wurde 1099 mit einer vom benediktinischen Ideal durchdrungenen Regel gegründet. Die Regel wurde von Papst Paschalis II. bestätigt, und 1130 wandelte Innozenz III. den Orden um, indem er ihm die vorrangige Pflicht auferlegte, die Christen mit Waffengewalt gegen die Ungläubigen zu verteidigen. Nach der Eroberung Jerusalems durch Saladin im Jahre 1191 verlegten die Hospitaliter ihren Sitz nach Akkon, wo sie sich ein ganzes Jahrhundert lang hielten. Dann siedelten sie nach Zypern über und später nach Rhodos, das sie erobert hatten (1309). Von nun an nannten sie sich »Rhodiserorden«. Großen Ruhm errangen sie bei der Verteidigung der Insel gegen Mohammed II. im Jahre 1480, aber 1522 mußten sie sich nach sechs Monaten heldenmütiger Gegenwehr Soliman II. ehrenhaft ergeben. Im Jahre 1530 veränderten sie sich ein zweites Mal, nachdem ihnen Karl V. die Insel Malta überlassen hatte: sie nahmen den Namen »Malteserorden« an, der mit all seinem Ansehen bis heute überlebt hat. Bei seiner Gründung umfaßte er drei Klassen: die Adligen oder Ritter, die Priester oder Kaplane und die dienenden Brüder, die den einen wie den anderen zur Hand gingen. Was die Ordenstracht betrifft – das Wesentliche –, so las ich selbst vor:

Das normale Gewand bestand aus einem schwarzen Kleid mit spitz auslaufendem Mantel; in Kriegszeiten umfaßte es ein rotes Kettenhemd. Außerdem trug jeder Ritter auf der linken Seite der Brust ein Kreuz aus weißem Linnen mit vier gleich langen Balken, die sich von innen nach außen verbreiterten und acht Spitzen bildeten, als Sinnbild der Tugenden, nach denen er trachten sollte.

Auf Herrn von Momordy gemünzt, fügte ich ironisch hinzu, daß ich im »Malet«, dem Handbuch, das mich über die Geschichte des Mittelalters informiert hatte, als ich im Gymnasium von Neufchâteaux die fünfte Klasse besuchte, gelesen – und behalten – hätte, daß es drei Orden von Soldatenmönchen gebe oder gegeben habe, die Ritter vom heiligen Johannes zu Jerusalem, die Tempelritter und, im Norden, die Ritter des Deutschen Ordens, und daß diese Orden, von denen die beiden ersteren in Palästina eine Art stehendes Heer bildeten, ihren doppelten – religiösen und militärischen – Charakter in ihrer Tracht zu erkennen gaben: Sie trugen die Ritterrüstung, darüber jedoch das Mönchsgewand. Dieses war bei den Hospitalitern schwarz mit einem weißen Kreuz auf der Brust und bei den Templern weiß mit einem roten Kreuz. Mit seinem schwarzen Gewand blieb der Malteserorden seinen Ursprüngen treu: Schwarz waren die Insassen des Tempels zur Zeit von Nostradamus, und schwarz waren auch noch die Mönche, die dort bis zum 2. November 1789 dem Großen Prior dienten.

Nun löste Charles Leslucas Herrn von Momordy ab, um zunächst Balsam auf den empfindlichsten Punkt der Abhandlung zu streichen, das vierte Wort des zweiten Verses des zwanzigsten Quatrain, »Herne«. Die Idee des Monogramms hielt er für genial: Welches Liebespaar hat nicht ein

Zeugnis seiner Verbindung auf eine Mauer geritzt oder in eine Rinde geschnitten? Man müßte im Park von Versailles die Schemen der Bäume von vor hundertvierzig Jahren ausgraben... Was das *H* von Herne betrifft, so erinnerte er uns daran, daß das modernste Französisch, so wie das, welches Nostradamus sprach, ein ganz ähnliches, im übrigen vereinzeltes und schlecht erklärtes Beispiel enthält: Das lateinische *foris*, »außerhalb von«, hatte normalerweise zu *fors* geführt, und Franz I. konnte nach Padua sagen, daß alles verloren sei »fors l'honneur«, außer der Ehre. Doch als Rivale dieses legitimen Erben war sehr bald, schon im 11. Jahrhundert, der Eindringling aufgetaucht, der ihn in unserem heutigen Sprachgebrauch ersetzt hat, »hors«; »der Zuschauer verzeiht alles«, sagte Voltaire in Nachahmung des gefangenen Valois, »hors la langueur«, außer der Langeweile. Und zwar sowohl in zusammengesetzten wie in einfachen Wörtern: *hormis*, *dehors* neben *forclore*, *forfaire*; *hors-la-lois* neben *forcené*. Nostradamus, so fügte Charles Leslucas hinzu, reiste häufig in den Süden Frankreichs, wo sich noch viele Spanier tummelten, die unsere Bürgerkriege witterten und das noch nicht verblaßte Ansehen Karls V. genossen. Ist nun aber der lateinische Anfangsbuchstabe *f* im Spanischen nicht zu *h* geworden? »Fils« ist *hijo*, »faire« ist *hacer*... Unter diesen Umständen und da dieser Quatrain vor rätselhaften Ausdrücken zu strotzen scheint, dazu bestimmt, etwas zu suggerieren, ohne es zu sagen, zu enthüllen und gleichzeitig zu verbergen, könnte man sich doch vorstellen, daß die Veränderung des *F* zu *H* sich Nostradamus oder seinem Inspirator ganz von selbst anbot, um Fersen zu bezeichnen, ohne ihn bloßzustellen?

Für Charles Leslucas lag die Schwierigkeit anderswo. Wurden Childerich II. und seine Gemahlin Blitilde wirklich im Wald von Bondy ermordet? Er habe irgendwo gelesen, daß es im Wald von Chelles geschehen war. Auch ihm hielt ich den Larousse entgegen, den wir bei der Hand hatten und der unter dem Stichwort »Childerich II.« folgendes enthielt:

Childerich II., König der Franken, geboren um 635, gestorben 673. Er war der Sohn von Chlodwig II. und der freien Sklavin Bathilde. Diese regierte bis 660, dem Jahr, in dem Childerich Blitilde (oder Bilichilde) heiratete, die Tochter der merowingischen Prinzessin Himmechilde. Die neustrischen Grundherren, über die Gewalttätigkeiten des Hausmeiers Ebroin erzürnt, wandten sich 670 Childerich zu. Ebroin wurde im Kloster von Luxeuil eingeschlossen, und Thierry III., den er zum König von Neustrien hatte ausrufen lassen, wurde im Kloster von Saint-Denis eingeschlossen. Childerich regierte unter der Vormundschaft von Saint-Léger, dessen er sich jedoch zu entledigen trachtete, indem er ihn zu Ebroin ins Kloster von Luxeuil schickte; doch der Abt von Luxeuil versöhnte die beiden. Als Childerich einen freien Grundherrn namens Bodillon (oder Bodilo) mit Ruten hatte auspeitschen lassen, bildete sich ein Komplott gegen ihn, und er wurde während einer Jagd im Wald von Bondy zusammen mit seiner Frau ermordet.

– Im übrigen, so fügte ich hinzu, war dieser gesamte östliche Teil des Pariser Gürtels im hohen Mittelalter ein zusammenhängender Wald. Ich habe darüber eine Notiz, die ich irgendwo abgeschrieben habe:

Das Dorf Bondy verdankt seinen Ruf dem Wald desselben Namens, der sich früher über 2000 Hektar erstreckte, heute jedoch zerstückelt ist. Le Raincy hat ihn in Gärten aufgeteilt; Dörfer, Kanäle, Eisenbahnen, Straßen, Steinbrüche, Einrichtungen aller Art haben dazu beigetragen, einen Wald zu lichten, der früher der Volksüberlieferung nach als Räubernest galt.

Sie sprechen vom Wald von Chelles? In Chelles kam ein anderer Merowinger um: Chilperich, ermordet vom Hausmeier, dessen Geliebte Fredegunde war. Dieses große Gebiet von Bondy bis Chelles würde durchaus den Namen »Wald der Königinnen« verdienen: Im Gegensatz zur zynischen Fredegunde und zur unglücklichen Blitilde beherbergte es in der Nähe von Chelles die von Chlodwig im 6. Jahrhundert gegründete Abtei, die im 7. Jahrhundert von Bathilde, der Mutter Childerichs II., wiederaufgebaut und viele Male von Äbtissinnen königlichen Bluts geleitet wurde, bis der »Sturm« von 1793 sie zerstörte. Aber was den Mord an Childerich II. und Blitilde angeht, so handelt es sich um den Wald von Bondy und nicht um den von Chelles.

Soweit waren wir, als wir merkten, daß Herr Espopondie einzunicken schien. All diese Dinge, die er gut kannte, hielt er vielleicht für überflüssig. Wir verstummten. Herr Espopondie öffnete die Augen und sagte:

– Meine Freunde, es ist genug für heute abend. In drei

Tagen werden wir uns wohl dem Wesentlichen nähern müssen.

Unsere Freunde zogen sich zurück. Während unseres abendlichen Mahls sprach Herr Espopondie von ganz anderen Dingen. Schauspiele, Abenteuer aus dem Fernen Osten füllten sein Gedächtnis. Zuweilen hatte ich den Eindruck, als hörte ich seinen Freund, den Doktor Paul-Louis Cochoud, der uns vor einigen Monaten in seiner prächtigen Villa in la Muette als guter Schauspieler einige ausgewählte Stücke aus *Sages et poètes d'Asie* vorgetragen hatte.

V

Drei Tage später kamen unsere Freunde wieder, jeder mit seinem Nostradamus unter dem Arm. Herr Espopondie ergriff sogleich das Wort. An diesem Tag schien er die Gefahren vergessen zu haben, die Tag und Nacht seinem Herzen drohten und für die er so viele Anzeichen gewahrte.

– Nehmen wir an, sagte er, daß die übereinstimmenden Daten, die wir gesammelt haben, das bestätigen, ja aufdrängen, was die ersten, unmittelbar einleuchtendsten seit fast anderthalb Jahrhunderten den Kommentatoren suggeriert haben: Im Quatrain IX 20 ist in der Tat die »Flucht nach Varennes« zu erkennen, und Nostradamus führt uns genau diese große Wende der Geschichte vor Augen. Was für verwirrende Konsequenzen, was für Probleme!

Bevor wir über den Ursprung nachdenken, müssen wir, wie ich meine, die Merkmale dieser ungewöhnlichen Form der Erkenntnis, so wie sie sich in diesem Dokument zeigt, so genau wie möglich einkreisen.

Zunächst fallen in der Mitte des Quatrain (Ende von *b*, Anfang von *c*) die vielen Farbhinweise auf: weiße Erde, schwarzer Mönch in Grau. Alles sieht so aus, als beschreibe Nostradamus ein Bild oder vielmehr einen Film, den er vor Augen hätte. Aber dieser Eindruck trügt. »Weiß« und »grau« entsprechen bestimmten Realitäten, einer geographischen und einer historischen, die Champagne ist in der Tat weiß, und der König war in der Tat grau gekleidet. Aber »schwarz«? Der König ist nie »der schwarze Mönch«

gewesen, er war lediglich Gefangener in dem Tempel, der bis 1789 den Mönchen gehört hatte, die sich – im Gegensatz zum weißen Gewand der Templer – durch ihr schwarzes Gewand auszeichneten. Daher das merkwürdigste Charakteristikum des Quatrain: trotz den konkreten, onomastischen oder deskriptiven, Hinweisen ist er in erster Linie intellektuell, reflektiert, sowohl synthetisch wie analytisch.

In der *Gegenwart*: Von der Wegstrecke erwähnt er (in *a*) und entwickelt er (in *b*) nur den wirklichen Ausgangspunkt, den entscheidenden Augenblick, von dem alles übrige die verheerende Folge ist, die »Teilung« von Bondy, welche die königliche Familie von ihrem Mentor Fersen trennt und den König seiner schlechten Eingebung von Sainte-Menehould überantwortet. In der fernen *Vergangenheit*: Der Ort dieser verhängnisvollen Trennung beschwört einen Oberton, eine Erinnerung von vor tausend Jahren, rückt den Zerfall der beiden Dynastien, der merowingischen und der kapetingischen, sowie das tragische Ende zweier Königspaare zusammen, nicht nur des Königs, sondern des Königs und der Königin. Auch in der *nahen Zukunft*: Aus Varennes zurückgebracht, sieht sich der König in dem raschen Ineinandergreifen von Ursachen und Wirkungen gefangen, das ihn in den Tempel bringen wird (in *c*). Schließlich in einer *etwas ferneren Zukunft*: Der tyrannische Konvent, die blutigen Ereignisse von 1792 und 1793, sogar das Fallbeil werden der logische Abschluß des in Varennes begonnenen Dramas sein (in *d*).

Aber ihr seht, daß man bei diesen geistigen Operationen, die in der Struktur des Quatrain eingeschrieben sind, nicht allein die vier chronologischen Ebenen unterscheiden muß, die ich soeben aufgezählt habe, sondern auch die verschiedenen Arten der Reflexion, die sich auf jeder von ihnen zeigen. Die Beziehung zwischen Varennes und 1793 ist eine einfache Feststellung, eine Art historischer Lektüre. Die Beziehung von Varennes zum Tempel ist es in gewisser Weise ebenfalls, aber der »schwarze Mönch«, so wie er in der Kutsche sitzt, die ihn noch nicht in Varennes abgesetzt hat, ist anachronistisch durch Antizipation, wenn man so sagen darf: Der König wird erst *nach* Varennes ein »schwarzer Mönch« sein; Nostradamus – oder seine Quelle – hat also die Aussage der Folge in die Beschreibung der Ursache einbezogen, als ob sich die Visionen und Deduktionen am Ausgang des Gehirns gedrängt und vermischt hätten und ungeordnet durch die Bresche geschlüpft wären, zumindest scheinbar ungeordnet, da der »schwarze Mönch« und die »graue« Verkleidung miteinander verknüpft sind und einen frappierenden Gegensatz bilden, der um so interessanter ist, als er nicht real ist, nicht *gesehen* werden konnte und folglich durch einen gleichsam literarischen Kunstgriff *konstruiert* ist, mittels einer Realität, der grauen Verkleidung, sowie einer Metapher, nämlich der Angleichung des Königs an seine Vorgänger im Tempel, die schwarzen Mönche – ein Kunstgriff, der suggeriert, daß die Person, die »nach Varennes kommen wird«, nicht ist, was sie zu sein scheint, daß eine Entstellung, eine Tarnung vorliegt.

Der Fall des »Walds der Königinnen« ist noch bemerkenswerter. Vom Ort der ersten Station auf dem Fluchtweg von 1791 hervorgerufen, ist der Vergleich zwischen dem Ende von Blitilde und dem Ende von Marie-Antoinette, »den Königinnen«, eine reine, sowohl intellektuelle wie ästhetische, Konstruktion voll philosophischer und dramatischer Kräfte. Auch dieser Vergleich gehört nicht zu den »gesehenen Dingen«. Gesehen werden konnte allein der Wald der Trennung, die Station Bondy, von der aus Fersen nach Norden geritten ist und die anderen Insassen der Kutsche nach Osten weitergefahren sind. Der Rest der Operation ist das, was in unserer geistigen Praxis oder besser im umschreibenden Jargon der Psychologen »Gedankenassoziation« heißt: Ein dynastisches Drama hat ein anderes evoziert, das sich am selben Ort abgespielt hat. Natürlich weichen wie bei jeder derartigen Überlagerung die Details voneinander ab, auch wenn die Hauptsache übereinstimmt: Ludwig XVI. und Marie-Antoinette sind nicht wie das merowingische Paar in Bondy selbst umgekommen, das Ereignis von Bondy hat, indem es ihnen Fersen entzog, lediglich von ferne, mit Verzögerung die Enthauptungen von 1793 verursacht. Nichtsdestoweniger stimmt es, wenn man die Geschichte von einer »höheren Warte« aus betrachtet und sie damit auf ihre Leitlinien reduziert, daß die späte Anstrengung der beiden Dynastien, ihre Macht wiederherzustellen, aus gleichgearteten Gründen zum Tod der beiden Königspaare geführt hat, das eine Mal durch aufrührerische Grundherren, das andere Mal durch einen aufständischen Dritten Stand.

Wir lauschten Herrn Espopondie aufmerksam, ohne ihn zu unterbrechen, als Herr von Momordy folgendes anmerkte:

– Sie selber, Meister, haben soeben gesagt, daß diese Gegenüberstellung der beiden Morde, die tausend Jahre auseinanderliegen, eine reine, sowohl intellektuelle wie ästhetische, Konstruktion sei. Gewiß ist sie schön und ergreifend. Wer aber garantiert Ihnen, daß nicht Ihre Intelligenz oder Ihre persönliche Kunst, zu Beginn unseres Jahrhunderts über die Ereignisse des 7. und des 18. Jahrhunderts im nachhinein gut unterrichtet, diese Gedankenassoziation selbst hervorgebracht hat und sie nun in einen Text projiziert, in den sie sich zwar gut einfügt, der sie jedoch nicht erzwingt?

– Mein Freund, antwortete Herr Espopondie, stimmen Sie mir zu, daß der Kontext, der zweite Vers mit der Trennung und den entgegengesetzten Wegen der »beiden Teile«, die sich historisch in Bondy gebildet haben, dazu zwingt, den »Wald der Königinnen« mit »Wald von Bondy« zu übersetzen?

– Ich sehe tatsächlich keine andere plausible Erklärung des zweiten Verses.

– Wenn also der vergleichende Hintergrund des Quatrain nicht derjenige ist, den ich vorschlage, wie erklären Sie sich dann den Plural »Königinnen«? Der Wald von Bondy, der sich uns, ich wiederhole es, durch den zweiten Vers aufdrängt, verdient diese königliche Periphrase nur wegen der Verbindung zweier persönlicher Schicksale, wegen der ähnlichen Mißgeschicke von Blitilde und Marie-Antoinette. Um welche anderen Königinnen könnte es sich handeln?

– Meister, mir kommt ein häßlicher Gedanke. Könnte es nicht sein, daß sich Nostradamus über uns lustig macht und nur deshalb von »forêt de reines« gesprochen hat, um »Varennes« einen Reim zu geben? Es wäre ein wenig wie in dem Sonett von Nerval:

Mon front est rouge encor du baiser de la reine,
J'ai rêvé dans la grotte où nage la sirène...

[Meine Stirn ist noch rot vom Kuß der Königin,
Ich träumte in der Grotte, in der die Sirene schwimmt...]

Es ist klar, daß »la reine« im *Desdichado* »la sirène« nach sich gezogen hat oder umgekehrt und daß es müßig wäre, beide identifizieren zu wollen.

– Von »*frênes*« [Esche] bis »lorraines« [lothringisch] fehlt es »Varennes« nicht an vollen Reimen. Nostradamus hätte die Auswahl gehabt, wenn er sich der freien Phantasie überlassen hätte. Aber das ist nicht das Wichtige. Wir müssen an unserer Entscheidung festhalten, den *ganzen* Quatrain ernst zu nehmen. Gewiß hat der Reim seine Zwänge und Verlockungen, und Nostradamus respektiert ihn immer, ohne ihm Gewalt anzutun, und gibt ihm eine schöne Form, sooft er kann. Aber die Kunst nicht nur der Dichter, sondern sogar der erfahrenen Verseschmiede besteht darin, den Reim zu *nutzen*, um auf elegante Weise zu sagen, was sie zu sagen haben, und nicht darin, ihm nachzugeben, um nichts zu sagen.

Charles Leslucas schaltete sich ein:

– Sie haben recht, Meister, wie mir scheint. Aber ist es nicht befremdlich, übertrieben, in diesem Plural »reines« eine Anspielung auf Marie-Antoinette unterzubringen, die hier recht isoliert wäre in einem Quatrain, in dem sonst nichts von ihr spricht?

– Sie vergessen den Eigennamen »Herne«, auf den Sie selbst in der vergangenen Woche ein kleines, aber interessantes Licht geworfen haben. Doch hier rühren wir an ein weiteres Merkmal des geistigen Mechanismus, der sich im zwanzigsten Quatrain der Autopsie anbietet. Man darf den Fall des »Walds der Königinnen« nicht von dem des »schwarzen Mönchs« trennen: alles deutet darauf hin, daß Nostradamus in Rätseln gesprochen hat, um die in das Abenteuer verwickelten hehren Personen nicht bloßzustellen, als erstes nicht, verzeiht mir den Ausdruck, seine Dame, oder Fersens Dame, in der ritterlichen Bedeutung, die das Mittelalter diesem Titel gab. In dem ganzen Quatrain gibt es, unverhüllt benannt, nur »Varennes« und den zeitlichen Hinweis »nachts wird er kommen«. Alles übrige erfordert eine Übersetzung.

Herr von Momordy griff seinerseits an:

– Trotz dem »Wald der Königinnen«, der Marie-Antoinette mit dem Plural wie mit einem Schleier bedeckt, und trotz »Herne«, wo sie so gut mit ihrem Ritter verschmolzen ist, daß man nicht weiß, wo sie beginnt und wo sie aufhört, müssen Sie doch zugeben, daß Marie-Antoinette vor allem in Ihrem Kommentar präsent ist.

– Nein, mein Freund, antwortete Herr Espopondie, sie ist in dem Ereignis vom Juni 1791 nicht nur präsent, sondern die aktivste Person des Dramas. Durch die Ergebenheit, die sie Fersen einflößt, durch den Einfluß, den sie auf ihren Mann ausübt, durch ihre Energie fällt ihr die Ehre und die Verantwortung für alles zu:

... derrière un voile, invisible et présente,
Elle est de ce quatrain l'âme toute-puissante,

[... hinter einem Schleier, unsichtbar und gegenwärtig,
Ist sie die allmächtige Seele dieses Quatrain],

und sie ist es, die Nostradamus, oder seine Quelle – wählen wir nicht zwischen den Hypothesen! –, zweimal in Erscheinung treten läßt, ohne ihr Gesicht zu enthüllen. Warum? Wie soll man das wissen?

– Ich habe vielleicht eine Erklärung, sagte Charles Leslucas. Der König und die Königin sind im Quatrain 20 tatsächlich verborgen. Sie sind es auch noch zu Beginn des Quatrain 34, wo »(dé)part« und »retour« kein benanntes Subjekt haben, oder sie wären es vielmehr, würde nicht die Parenthese »mari sera mitré« wiederum auf rätselhafte Weise daran erinnern, daß es sich um die Abreise und die Rückkehr des Königs handelt, und zwar des Königs als König und als »Ehemann«, so daß die Königin auch diesmal präsent, jedoch verdeckt ist, ja sogar zweifach verdeckt, mittels des Königs, der selbst nur mittels seiner Beziehung zu ihr erwähnt wird. Diese Beständigkeit, mit der Nostradamus gleich den Göttern Homers von der schützenden Wolke Gebrauch macht, ist um so bemerkenswerter, als alle anderen Personen, sowohl im Quatrain 20 als auch im Quatrain 34, ohne Umschweife bezeichnet oder sogar genannt werden: »élu cap« (20 *d*) ist »der Chef oder die Regierung, die aus Wahlen hervorgegangen sind«, im technischsten Sinn des Wortes. Und was soll man zu den beiden »Verrätern« sagen, die in 34*c* und *d* an den Pranger gestellt werden, der »titré Narbon« und der unglückliche Saulce mit seinen Ölseifen und seinen Buchhaltungsscherereien?

– In der Tat, räumte Herr von Momordy ein. Der Name »Narbon« kann nur einen Mann bezeichnen – zum einen weil er einen »Titel« trägt und zum anderen weil er mit »Saulce« in Zusammenhang gebracht wird –, nämlich den

Grafen von Narbonne, und nicht die Stadt, obwohl auch sie manchmal auf diese Weise abgekürzt wird. Die Verbindung der beiden Eigennamen ist einfach und stark: »Es wird einen Adligen geben, der (den König) verraten wird, (nämlich) Narbonne; und (einen anderen, ohne Titel, nämlich) Saulce...«

– Danke, mein Freund, sagte Charles Leslucas. Wie aber läßt sich dieser Unterschied in der Behandlung der *minores*, die schonungslos auf die Bühne gestoßen werden, und des Königspaars erklären? Haben Sie von jenem Arzt aus Wien gehört, der neuerdings auch bei uns Adepten hat, einem gewissen Sigmund Freud? Zur Bezeichnung derartiger Phänomene prägte er ein unmißverständliches Wort: Zensur. Nostradamus – oder seine Quelle – tarnt den König, dem er allenthalben begegnet, und verbirgt die tragende Rolle der Königin. Warum? Wenn ich recht verstanden habe, was von Freud berichtet wird, könnte man, wie ich glaube, folgendes vermuten. Alles deutet darauf hin, daß Nostradamus – oder seine Quelle – ein überzeugter Royalist war und daß er sich im Drama der Zukunft instinktiv und nachdrücklich auf die Seite der Royalisten gestellt hat. Aus diesem Grunde bezeichnet er, wie es in den Tuilerien die »Partei der Königin« tun wird, die Handlung des Grafen von Narbonne als »Verrat«, obwohl die Historiker über seine Absicht noch immer im Zweifel sind: Man warf ihm vor, den Krieg gegen Wien zu betreiben, aber das tat er vielleicht nur deshalb, um über etwas zu verfügen, was Ludwig XVI. in den Jahren 1789 und 1791 gefehlt hatte: über eine Armee, die in der Lage wäre, die Aufständischen zur Vernunft zu bringen, wie es die von Heinrich IV. getan hatte. Könnte es also nicht sein, daß er aus Respekt, aus Widerstreben oder einem bewußten oder unbewußten Skrupel heraus mit so vielen Rätseln gearbeitet hat, um es sich zu ersparen, seine Idole vorzuzeigen? Man öffnet nicht das Allerheiligste.

– Daran ist sicher etwas Wahres, sagte Herr Espopondie. Wir wissen um die engen Beziehungen – Beziehungen zwischen Günstling und Gönner –, die sich zwischen dem gelehrten Arzt und Propheten und der königlichen Familie – Heinrich II., seiner Witwe Katharina und seinen königlichen Söhnen – geknüpft hatten. Spielen wir das Spiel bis zu Ende: In der ganzen Zukunft, die er, sagen wir, vorhergesehen hat oder die ihm gezeigt worden ist, war der dramatischste, interessanteste und zugleich hassenswerteste, vor allem folgenschwerste Augenblick der Sturz der Monarchie. Eben diesem Ereignis, das für ihn einer Katastrophe gleichkam, wird er die größte Aufmerksamkeit geschenkt haben. Er wird die Geschichte Frankreichs in »zwei Teile« zerlegt haben, vor und nach Varennes (1791), oder zumindest vor und nach dem Tempel (1792) und der Guillotine (1793). Übrigens hat man schon seit langem bemerkt, daß er in dem Galimathias des Dedikationsbriefs für Heinrich II. ausdrücklich das Jahr 1792 als ein im etymologischen Sinn »revolutionäres« Datum genannt hat.

Und sich an mich wendend:

– Sieh im zweiten Band von Le Pelletier nach. Es steht einige Seiten vor dem Ende des Briefs.

Ich überflog den Brief und stieß auf den langen Satz, der verkündet, daß eine Verfolgung der Kirche, schlimmer als diejenige der Vandalen zweitausend Jahre zuvor in Afrika,

»durera iusques a l'an mil sept cens nonante deux que l'õ cuydera estre une renouation du siecle« [bis ins Jahr siebzehnhundertzweiundneunzig andauern wird, das man für eine Erneuerung des Jahrhunderts halten wird]. Und ich las die Anmerkung von Le Pelletier zu dem Ausdruck »rénovation du siècle«, der so stark nach dem Lateinischen und den Säkularfeiern riecht:

Das heißt ein neues Zeitalter; *das republikanische Zeitalter begann in der Tat am 22. September 1792.*

Vom Spiel gepackt, erlaubte ich mir zu kommentieren:

– Was die »große Verfolgung« betrifft, die dieses Kauderwelsch ankündigt, so hat sie in den Augen des Sehers – oder seiner Quelle – drei Jahre vor diesem Schicksalsdatum in der Verstaatlichung der Kirchengüter Gestalt annehmen können; aber er hat sie ebensogut früher beginnen lassen können, mit der Gottlosigkeit des 18. Jahrhunderts, dem Unternehmen der Enzyklopädisten und der Unterdrükkung der Jesuiten. Jedenfalls erreichte sie 1792 ihren Höhepunkt, als das letzte Bollwerk der Kirche, das *Veto* des Königs, mit dem Sturz des »Herrn Veto« selbst verschwunden ist. In diesem Sinn kann man tatsächlich sagen, daß sie »bis 1792« andauerte, als Verfolgung, die sich zunächst auf die Kirche beschränkte, um sich dann im allgemeinen Schrekken zu verlieren, in dem die Verurteilung Ludwigs XVI. nur die symbolisch wichtigste Episode sein wird. Und zwar, sagt Nostradamus, so lange, bis »das römische Volk« (das kann heißen: die Katholiken) beginnt, »de se redresser et de chasser quelques obscures ténèbres, recevant quelque peu de leur (sic!) pristine clarté, non sans grande division, continuels changemens« [sich aufzurichten und einige dunkle Schatten zu verscheuchen, und etwas von seinem früheren Glanz zurückerhält, was nicht ohne große Spaltung und ständige Veränderungen vor sich geht]. Das heißt: das Konkordat von 1804 und der *Geist des Christentums* sowie die gesamte bewegte Geschichte des Katholizismus in Frankreich nach der vorübergehenden Wiedereinsetzung der Kapetinger.

Herr Espopondie quittierte meinen Kommentar mit einem aufmunternden Lächeln und lenkte die Untersuchung in eine andere Richtung.

– Kehren wir zu unserem Ausgangspunkt zurück. Was immer seine »Quelle« oder seine Inspiration sein mag, Nostradamus fixiert bestimmte Einzelheiten wie ein Maler, als erstes die Farben des zweiten und dritten Verses. Aber nicht alles ist visuell. Oder man müßte dafürhalten, daß seine Augen sich auf noch ungeschriebene Dokumente oder auf das gelehrte Buch von Herrn Georges Lenôtre gesenkt haben, um ihnen Namen wie Sauce und Narbonne oder einfach Varennes zu entnehmen. Stünden wir damit nicht vor einem weiteren Zug dieser Art von Erkenntnis: Nostradamus sah die Ereignisse, Landschaften und ihre Einzelheiten nicht nur, er nahm nicht nur abstrakt die Harmonien und Kausalitäten der Geschichte wahr, es hat auch den Anschein, als habe irgend etwas oder irgend jemand in ihm gesprochen und sich an das gewandt, was in unseren Gehirnen vorbereitet und organisiert ist, um artikulierte Laute aufzunehmen und deren Sinn zu erfassen. Was haltet ihr davon?

– Falls man nicht unterstellt, sagte Herr von Momordy, daß er »Varennes« auf einer Landkarte oder »Herne« auf einem Wegweiser oder »Saulce« auf dem Ladenschild eines Ölhändlers gelesen hat, muß man wohl einräumen, daß ein inneres Ohr beteiligt war.

– Wie sollen wir diese Feststellung anders deuten, als daß wir annehmen, die in unseren Quatrains niedergeschriebene »Offenbarung« habe im Gehirn von Nostradamus die beiden Sinne angeregt, die für die Wahrnehmung auf größte Entfernung sowie für die Alchimie der Sprache zuständig sind? Im Gehirn, wohlgemerkt...

Herr von Momordy knüpfte an:

– Sicher haben Sie recht, aber da Sie annehmen, daß die »Offenbarung« gesehen, gehört und durch die Alchimie der Sprache, wie Sie es nennen, sozusagen durchdacht, ausgeformt wurde, stoßen Sie auf eine Schwierigkeit, zumindest auf ein erhebliches Problem.

– Vielleicht habe ich es vorausgesehen. Welches?

– Nostradamus schreibt in zehnsilbigen gereimten Versen, wobei alle stummen Endsilben wegfallen, außer bei der Zäsur nach der vierten Silbe. Dies ist das Grundmuster aller Quatrains der *Centuries*. Welche Beziehung besteht zwischen dem, was er von seiner »Quelle« vernahm, und dem, was er niederschrieb? Wir befinden uns in einer weit schwierigeren Situation als bei Victor Hugo, der die mehr oder weniger poetischen Antworten hersagte, die er dem Tisch entnahm; Hugo lieferte alles: seinen eigenen unverwechselbaren Stil und Rhythmus und gleichzeitig den nicht minder ureigenen Inhalt seiner Rede, die er gutgläubig den Geistern zuschrieb. In den *Centuries*, zumindest in den Quatrains IX 20 und 34, stammt der Inhalt, wie wir wissen, nicht von Nostradamus oder nicht von ihm allein, da er sich in der Geschichte bewahrheitet hat, aber die rhythmische Struktur, die sich durch das ganze Buch hindurchzieht, ist einzig und allein sein Werk. Konnte er nicht hier etwas weglassen und dort etwas hinzufügen, um seine Pythia dem Prokrustesbett anzupassen?

– Sie haben recht, sagte Herr Espopondie, das ist ein Problem, und ich habe mir einige Gedanken dazu gemacht. Aber wir schießen über das Ziel hinaus, das wir uns für heute gesteckt haben und das nicht die Quelle oder Quellen der Quatrains betrifft, sondern lediglich die objektiven Merkmale ihrer Aussagen. Über alles übrige solltet ihr weiter nachdenken.

Zweifellos sah Charles Leslucas eine gewisse Müdigkeit in Herrn Espopondies Augen. Außerdem hatten wir alle den Eindruck, auf der Stelle zu treten und in der Analyse steckenzubleiben.

– Bevor wir uns trennen, Meister, sagte er, möchte ich Ihnen einen Gedanken unterbreiten, der mir gekommen ist und der mit unserem Problem zu tun hat. Vorhin erinnerten Sie daran, daß das Datum von 1792, von den beiden für die Monarchie auf unterschiedliche Weise verhängnisvollen Jahren eingerahmt, schwarz auf weiß in dem an Heinrich II., König von Frankreich, gerichteten Brief zu lesen steht. Nun gibt es aber auch in den *Centuries* eine sehr kleine Zahl von datierten Ereignissen. Merkwürdigerweise beziehen sie sich vor allem auf ferne Völker. Im Jahr 1607 (VI 54) wird bei den Arabern in Nordafrika ein Konflikt stattfinden sowie (VIII 71) an einem ungenannten Ort eine

Verfolgung der »Astronomen«. Zu Beginn des Jahres 1609 (X 91) wird der römische Klerus »eine Wahl abhalten«: »d'un gris et noir de la Compagn(i)e yssu« – wobei es sich nicht unbedingt um eine Konklave oder einen jesuitischen Papst handelt, was falsch wäre. Im Oktober 1727 (III 77) wird »der König von Persien« von »denen aus Ägypten« gefangengenommen: und daraus folgen »conflict, mort, peste, à la Croix grand opprobre« [Krieg, Tod, Pest, große Schande für das Kreuz]. Über das alles habe ich keine Informationen. Aber im Anschluß an einen unvollständigen und dunklen Vers verzeichnet der Quatrain I 49 ein bezeugtes großes Ereignis:

Beaucoup avant telles menees
Ceux d'Orient par la vertu lunaire
L'an mil sept cens feront grands emmenees
Subiungant presque le coing Aquilonaire.

[Lange vor diesen Umtrieben
Werden die Orientalen mit den Kräften des Mondes
Im Jahr tausendsiebenhundert große Eroberungen machen
Und beinahe die ganze Nordecke unterwerfen.]

In einer *Geschichte Rußlands* von Brian-Chaninov, die mir mein Schulkamerad Gaxotte im Manuskript gezeigt hat und die wahrscheinlich in Kürze bei Arthème Fayard erscheinen wird, habe ich nun folgendes gelesen. Es handelt sich um Peter den Großen, der sich bis dahin hauptsächlich mit der Türkei und den Strelitzen befaßt hatte.

Im Jahr 1700 begann die lange Reihe der Kriege gegen Schweden. 1699 Geheimabkommen mit August von Polen, das Rußland nach Unterzeichnung des türkischen Friedens zwang, Finnland, Karelien und Ingermanland zu überfallen. [Der türkische Frieden kam jedoch erst im August 1700 zustande.] Statt nach Finnland zu ziehen, nutzte Peter die kurze Zeitspanne, um seine Armee zu modernisieren. Mitte 1700 gelang es ihm, zwei gut ausgerüstete Divisionen aufzustellen. Vierzigtausend Männer wurden zur schwedischen Grenze geschickt, aber statt nach Finnland wurden sie an die Mauern von Narwa geführt, dessen Einnahme Estland und Livland bedrohen konnte. Die Besetzung des Ortes wurde indes verzögert, und die Russen eröffneten erst Ende September das Feuer auf die Zitadelle. Diese Frist erlaubte es Karl XII., die Dänen zu schlagen und in Estland zu landen. In der Nacht vom 17. zum 18. November erfuhren die Russen zu ihrer Bestürzung, daß die Schweden sich im Gewaltmarsch Narwa näherten. Peter geriet außer sich...

Er übertrug das Kommando einem neuen Heerführer, dem Prinzen von Croy, und das Resultat ließ nicht auf sich warten: »Die achttausend erschöpften und ausgehungerten Schweden wurden mit den vierzigtausend Russen schnell fertig. Es war ein Desaster und für Peter eine harte Lektion, die er nie vergaß. Karl XII. indes, hoch erfreut, seinen Gegner so leicht geschlagen zu haben, verzichtete darauf, ihn zu verfolgen, so daß die Russen einem völligen Zusammenbruch entgingen.« Ja, es war ein Desaster. Peter hat mit seinen noch »ganz orientalischen« Moskowitern »le coin

Aquilonaire« – eine hübsche Definition der Ostsee, jenes spitzen Winkels, der sich von Dänemark bis Lappland ins Land bohrt – nur »beinahe« unterworfen. Doch 1700 hebt Peter zwei neue Heere aus, die er zwei fähigen Generälen anvertraut und deren Schlagkraft von Jahr zu Jahr wächst. Es bedurfte noch einiger Jahre sowie der Niederlage Karls XII. in Poltawa, bis das »beinahe« von 1700 sichere Realität wurde. Innerhalb weniger Monate fallen Riga, Pernau, Dünamünde, sogar das finnische Viborg in die Hände der Russen (1708). Sechs Jahre später zwangen die Zerstörung der schwedischen Flotte in der Seeschlacht von Hangöudd sowie die Besetzung des größten Teils von Finnland Karl XII., Frieden zu schließen – einen vorläufigen Frieden. Erst 1721 mußte der Erbe Karls XII. nach dem Frieden von Nystadt dem Zaren den Besitz von Estland, Livland, Karelien, des Distrikts Viborg sowie aller Inseln im Rigaer Meerbusen zuerkennen. Im oberen Teil des »Nordecks« blieben Schweden lediglich der größte Teil von Finnland sowie die Inseln im Bottnischen Meerbusen.

Charles Leslucas schien äußerst zufrieden mit seiner Entdeckung. Er unterstrich, daß seines Wissens kein einziger Kommentator dieses Ereignis von 1700 mit seinen unabsehbaren Folgen in dem Quatrain erkannt hatte: den Eintritt Rußlands in die europäischen Auseinandersetzungen.

Wir konnten ihm nur gratulieren und ihm wünschen, daß er für die afrikanischen Ereignisse von 1607 und 1727, für die Wahltätigkeit des »römischen Klerus« im Jahre 1609 ebenso wohlklingende Erklärungen fände.

Aber dieser Exkurs hatte uns von dem Quatrain von Varennes abgebracht, obwohl er teilweise dieselben Probleme aufwarf, sowohl wegen der synthetischen Sicht verworrener Ereignisse als auch wegen der Tarnung der Ostsee durch eine, wenn auch durchsichtige, Umschreibung. Wir sprachen daher von anderen Dingen und verschoben die Untersuchung dessen, was Herr Espopondie uns angekündigt hatte – des Wesentlichen –, auf unsere nächste Zusammenkunft.

VI

Es verstrichen zwei Tage, ohne daß Herr Espopondie mit mir über die *Centuries* sprach. Und ich für meinen Teil dachte nach. Am zweiten Abend, während unserer Mahlzeit, brach ich das Schweigen. Wir sollten am nächsten Tag unsere Freunde wiedersehen, und ich wollte wissen, was der Hausherr vorzubringen gedachte.

– Am Ende einer unserer letzten Zusammenkünfte sagten Sie, es sei an der Zeit, daß wir beginnen, vom Wesentlichen zu sprechen. Mir scheint jedoch, daß wir bereits mehr als begonnen haben. Was bleibt von diesem »Wesentlichen«? Was können wir morgen sagen?

– Was mich betrifft, sagte Herr Espopondie, so werde ich nur wiederholen, was ich mir früher gesagt habe, nachdem ich die Abhandlung, die du gelesen hast, hingekritzelt hatte: Ich weiß es nicht, ich verstehe es nicht. Ja, das »Wesentliche« wäre, nach dem *quomodo* das *cur* herauszufinden und zuerst das *quomodo* nach dem *quale.* Aber ich glaube, wir müssen beim *quale* bleiben. Wieder einmal werden wir das Phänomen, die äußere Gestalt, allenfalls die Oberfläche beobachtet haben, doch der Mechanismus, das Reale wird uns entgangen sein. Dennoch möchte ich unsere Freunde gern über dieses »Wesentliche« diskutieren hören.

– Genau das habe ich erwartet, sagte ich, und ich möchte mich Ihnen anschließen. Aber ich habe noch ein wenig an der Oberfläche gekratzt. Vielleicht ist es mir gelungen, zumindest den Punkt zu lokalisieren, an dem Nostradamus

Zugang zu den Archiven der Zukunft erhielt oder von ihnen überflutet wurde, eine Art in die Zukunft weisende Replik dessen, was die Römer den *mundus* nannten.

– Ich höre.

– Alles in allem, was die Wahrnehmung und Verarbeitung betrifft, sieht es so aus, als habe das Gehirn von Nostradamus auf mehreren Zeitebenen funktioniert, akrobatisch von einer zur anderen springend. Mit den registrierten und notierten Ereignissen spielt er so, wie man Karten mischt, wobei er nach Belieben die chronologische Ordnung durch andere, intellektuelle, affektive und vielleicht ästhetische Ordnungen ersetzt. Das schönste Beispiel bleibt im Grunde »der schwarze Mönch«. In der chronologischen Ordnung müßte die Gefangenschaft Ludwigs XVI. im Tempel *nach* seinem »Kommen nach Varennes« erwähnt werden, so wie es in den Handbüchern gelehrt wird. Indem Nostradamus *vor* Varennes auf die Haft anspielt und den künftigen Insassen des Tempels als das aktuelle Subjekt dieses »Kommens nach Varennes« bezeichnet, erzielt er – oder seine Quelle – literaturkritisch gesprochen eine gute Wirkung. Es ist, als würde er sagen: »Der Arme, er weiß nicht, was ihn erwartet, er ahnt nicht, daß Varennes eine Falle ist! Wie ihn warnen, daß alles im Tempel enden wird?«

– Wiederholen wir uns nicht. Worauf willst du hinaus?

– Trotz dieser Freiheit bei der Verwendung dessen, was er weiß, sind *alle* Elemente dieses Wissens so beschaffen, daß sie zu irgendeinem Zeitpunkt von Ludwig XVI. selbst wahrgenommen oder imaginiert werden konnten. Sogar das, was ich soeben erwähnte: Im Gefängnis des Tempels konnte der König denken: »Ach, hätte ich das gewußt, dann hätte ich Fersens Plan nicht verändert, ich hätte in Sainte-Menehould nicht den falschen Weg eingeschlagen ...« Er konnte seine traurige Lage auch mit dem Luxus vergleichen, der noch vor kurzem den Großen Prior der schwarzen Mönche umgab. Da er seine Geschichte Frankreichs kannte, konnte er, so wie Sie es tun und wie unserer Meinung nach Nostradamus es getan hat, die Ähnlichkeit seiner Situation mit der von Childerich erkennen und prüfen, den Mord aus dem 7. Jahrhundert in seinem Geist vorüberziehen lassen und zutiefst die »Teilung« beklagen, die ihn vor anderthalb Jahren am selben Ort, Bondy, von dem geschickten, dem wagemutigen Schweden getrennt hatte. Soviel zu den »Überlegungen«. Was die »Empfindungen« angeht, so hatte er während der Reise alles bemerkt, alles identifiziert, die Straßenkarte in der Hand, folglich auch jene kreidige Weiße der Champagne, die kein Ende nahm. Er hatte Varennes gesehen, zu enge Bekanntschaft mit Narbonne und Sauce gemacht – jenem Sauce, den er zuerst für seinen Retter gehalten hatte, bei dem er sich sogar aus Paris in einem Brief bedankt hatte, dessen Dummheit und Doppelzüngigkeit ihm jedoch zum Bewußtsein kommen konnte, als er Gefangener war, so wie er sich mehr und mehr davon überzeugen konnte, daß Narbonne ihn »verraten« hatte. Er hatte mit eigenen Augen den besetzten Louvre gesehen, die phrygische Mütze auf seinem einst geheiligten Haupt, den Angriff der fünfhundert Männer von Barbaroux, der ihn gezwungen hatte, bei seinen Feinden in der Nationalversammlung Zuflucht zu suchen, er hatte das Feuer und das Blut gerochen. Und woran dachte er wohl in dem Augenblick, als das »Hackmesser« auf seinen Hals fiel? ...

– Ziehe den Schluß.

– Ich ziehe keinen Schluß, sondern ich habe den Eindruck, mich am Eingang eines umgekehrten *mundus* zu befinden, durch den also die Menschen der Zukunft mit den Menschen der Gegenwart kommunizieren würden, Ludwig XVI. von 1791 oder 1793 mit Nostradamus aus dem 16. Jahrhundert. Auf welche Weise, woher hatte Nostradamus diese Kenntnisse erhalten, die zweihundert Jahre später die Erlebnisse und vielleicht die Überlegungen des Königs waren? Nun, das ist ein zwar extravaganter Weg, aber immerhin ein Weg. Nostradamus hätte nicht nur über eine übernormale Hellsicht in bezug auf das Schicksal der von ihm verehrten Dynastie verfügt, er hätte auch in direkter Verbindung mit dem Gehirn des künftigen Ludwigs XVI., dessen Wahrnehmungen und Grübeleien gestanden ...

– Du beunruhigst mich. Das wäre eine sonderbare Art von Gedankenübertragung. Über die sukzessiven Keime der Nachfahren Heinrichs IV., des Vetters seiner geliebten Valois, wäre das Gehirn von Nostradamus von den erwachsenen Neuronen eines Ludwig XVI. unterrichtet worden, der noch über zweihundert Jahre auf seine Geburt warten mußte!

– Ich habe das nur gesagt, um einen der möglichen Zugänge zu dem Geheimnis zu benennen: Sollte eine Gedankenübertragung zwischen zwei Menschen vorgelegen haben, dann konnte es nur diese gewesen sein, und zwar zwischen diesen beiden Menschen. Die Formulierung des in Spiegeln oder Enklaven eingefangenen Geschehens, die wir bei Nostradamus bewunderten, hätte sich diesmal mit geringerem Aufwand (und auf normale Weise, wenn man so sagen darf, weil es sich um *seine* eigene Erfahrung und *sein* eigenes Schicksal gehandelt hätte) im Gehirn des künftigen Ludwigs XVI. vollzogen, das in irgendeinem Keim präexistierte, der sie dem Gehirn von Nostradamus, seinem Zeitgenossen, übermittelt hätte.

– Schließen wir, wenn du gestattest, diese Gedankenübertragung zwischen dem keimhaften Vorfahren eines künftigen Spermatozoiden und dem Gehirn eines lebenden Erwachsenen aus. Welchen anderen Zugang zu dem Geheimnis hast du entdeckt, welchen anderen *mundus*!

– Eine Offenbarung, aber das setzt eine Theologie voraus. Und weder Sie noch ich sind den Verkündigungsengeln gewogen.

– Was bleibt dir?

– Der Rückgriff auf den allerstrengsten Determinismus. Bei allem und jedem wäre Ihr, mein Eindruck eines freien Willens absolut illusorisch, lediglich gerechtfertigt durch die erschreckende Kompliziertheit der Operationen. Im Prinzip ließe sich alles in eine algebraische Form bringen, freilich bedürfte es dazu Milliarden und Abermilliarden von Gleichungen. Doch so wie es auf unserer Stufe außergewöhnliche Rechenmaschinen gibt, könnte man der Ansicht sein, daß die Propheten, zumindest der unsere, von Zeit zu Zeit die noch weit außergewöhnlichere Fähigkeit haben, die Elemente dieser riesigen Masse zu beherrschen und augenblicklich miteinander zu verknüpfen und auf diese Weise die Zukunft »anzugeben«.

– Dein dritter *mundus* hat zumindest den Vorteil, sich in

die Sprache der Mechanik zu kleiden. Aber weißt du überhaupt, welche Macht du deinem Orakelgeber zuschreibst? Trotz seinen Milliarden Neuronen war die Informationsmenge, die Nostradamus infolge seiner Erziehung und seines eigenen Lebens in seinem Gehirn gespeichert hatte, begrenzt! Insbesondere hatte er unseres Wissens keine Beziehung zu den Bourbonen, Vettern der Valois. Folglich mußt du unterstellen, daß seine algebraische Maschinerie aufgrund eines Determinismus, der alles mit allem verbindet, nach und nach Zugang zu einer unbegrenzten Zahl von Daten außerhalb seines Gehirns haben konnte, zu einer Art von Datenbanken, die in anderen Gehirnen entstanden wären, Gehirnen, die im Prinzip dem seinen glichen, denen jedoch seine Gabe des sofortigen, totalen, Zahl, Zeit und Raum beherrschenden Rechnens fehlte. Das wäre eine andere Form von Gedankenübertragung, weniger befremdlich als die andere, da sie zwischen erwachsenen »Denkern« der gleichen Epoche stattfände. Kurz, deine drei *mundus* reduzieren sich auf zwei: die Offenbarung, die du ausscheidest, und das veräußerlichte Denken, von dem du dir zwei Spielarten vorstellst.

– Lieber Meister, sagte ich, Sie haben mich gelehrt, daß es eine Wissenschaft nur der Phänomene gibt. Sagen wir also, daß ich Literatur mache. Sie haben mich aber auch gelehrt, daß die Wissenschaft ihrem Wesen nach erobernd ist, daß wir inmitten von Handlungen und Handelnden leben, von denen wir heute ebensowenig etwas ahnen wie Aristoteles vom elektrischen Strom oder von den Strahlen des Ehepaars Curie. Falls es nicht zu einer unvorhersehbaren Erfindung kommt, werden wir vielleicht niemals wissen, was zu jedem Zeitpunkt in jedem Element unseres Nervensystems sowie in den Verbindungen vor sich geht, die diese Punkte untereinander haben. Aber wir werden genügend Fortschritte machen, um erahnen zu können, auf welche Weise unser von »Daten« vollgesogener, überfluteter Prophet vorgegangen ist.

– Wie bescheiden du auf einmal bist! Aber dein kleiner Anfall von Phantasie hat mir gut gefallen. Weißt du, auch ich lasse mich bisweilen zu Träumereien hinreißen, und vor allem hüte ich mich, das, was ich nicht erklären kann, auszulöschen, zu negieren. Zum Beispiel würde ich gern an Gedankenübertragung glauben, ohne sie zu erklären. Weißt du, vor zwei oder drei Jahren hat mir mein alter Lehrer und Freund, Doktor Richet, ein großer Förderer der »metaphysischen Studien« und vollendeter Ehrenmann, folgendes erzählt. Er war nach Warschau gereist, um ein berühmtes Medium auf die Probe zu stellen, einen gewissen Guzik, glaube ich. Beim Botschafter in Warschau, Herrn de Panafieu, hatte ihn alle Welt übereinstimmend gewarnt: Das Medium war mehrfach beim Betrug ertappt worden. Nichts ist natürlicher, hatte er geantwortet: Jedesmal, wenn »sie« sich durch einen Trick oder eine Simulation billig aus der Affäre ziehen können, dann tun sie es, es spart ihnen Arbeit und Mühsal. Alles kommt auf die Kontrolle an. Und in der Tat kontrollierte er das Medium meisterhaft: Am hellen Tag, unter den argwöhnischen Blicken mehrerer Zeugen. Bevor er Paris verließ, hatte er die große Sarah gebeten, ein paar Worte auf ein Stück Papier zu schreiben, das sie dann in einen Umschlag gesteckt hatte. Sie selbst hatte den Umschlag versiegelt, ohne zu sagen, was er enthielt. Richet übergab dem Medium die Botschaft: Lange, sehr lange, mehrere Stunden lang drehte und wendete der Mann den Umschlag, ohne ihn öffnen oder durch ihn hindurchschauen zu können. Schließlich kapitulierte er: »Ich kann Ihnen nicht sagen, was geschrieben steht. Ich weiß nur, daß es um Finsternis und Licht geht.« Richet öffnete den Umschlag. Sarah hatte einen Vers aus *Chantecler* aufgeschrieben:

C'est la nuit qu'il est beau de croire à la lumière
[In der Nacht tut es gut, an das Licht zu glauben].

Richet ist weder ein Lügner noch naiv. Er hat die Absicht, diese »wissenschaftliche Beobachtung« in einem Buch zu veröffentlichen, aber man wird ihr keine Beachtung schenken. Ich glaube, man muß sie kommentarlos der »Datenbank« eingeben.

Noch nie hatte Herr Espopondie mir so deutlich etwas von dem erzählt, was er die »zweiten Physiken« nannte, die nach und nach an die Stelle der Metaphysiken treten, wenn sich die Generationen von Beobachtern nur in Geduld üben. Ich gestand ihm meine Überraschung.

– Sie räumen also ein, daß es auch dann Wissenschaft geben kann, wenn sich das, was man untersucht, nicht beliebig wiederholen läßt?

– Heute nicht. Aber vielleicht in der Zukunft. Eine korrekt beobachtete Tatsache ist eine Tatsache, die registriert und aufbewahrt werden muß, auch wenn sie quantitativ einmalig und qualitativ absonderlich ist, entweder für immer oder vorläufig, sei es aufgrund ihrer Natur oder weil sie sich dem Zugriff unserer Instrumente entzieht. Der Fall der Quatrains 20 und 34 der neunten *Centurie* ist übrigens von anderer Art. Schon heute bildet er wirklich ein »wissenschaftliches Material«, obwohl die Wissenschaft nicht weiß, wie sie mit ihm umgehen soll. Auch wenn wir nicht imstande sind, die »Arbeit« von Nostradamus beliebig zu wiederholen, so können wir doch seinen Text lesen und sezieren, sooft und unter so vielen Beleuchtungen wir wollen, ihn mit den immer besser bekannten Details dessen konfrontieren, was er zu verkünden scheint, und in aller Muße Konkordanz- und Diskordanztabellen aufstellen und berichtigen. Ein ganz besonderes Material ist es deshalb, weil die Tabelle der Konkordanzen gut bestückt und die der Diskordanzen leer ist. Es fehlt nur noch der Punkt, wo es sich mit der Gesamtheit unserer Kenntnis verkoppelt, zuallererst mit dem, was wir über das Nervensystem des Menschen wissen.

– Meinen Sie, es gibt Aufschlußreiches in Nostradamus' Prosaschriften, in denen er etwas über seine Arbeit, seine Quellen, seine astrologischen Berechnungen zu enthüllen vorgibt?

– Sogar dann, wenn er aufrichtig ist, mischt er die Karten. Und was für ein Schwulst. Lies die Vorrede von 1555.

Ich blätterte im Le Pelletier und stieß auf folgende Sätze:

... Les secrets de Dieu incompréhensibles, et la vertu effectrice contingent de longue estendue de la cognoissance naturelle, prenant leur plus prochain origine du liberal arbitre, fait apparoir les causes que (= qui) d'elles-mesmes ne peuvent acquerir celle (= cette) notice pour estre cogneuse, ne

par les humains augures, ne par autre cognoissance ou vertu occulte...
[... Die Geheimnisse Gottes sind unbegreiflich, und die schöpferische Kraft berührt nur sehr entfernt die natürliche Einsicht, die ihren allerersten Ursprung in der Willensfreiheit hat; Tatsachen lassen auf Ursachen schließen, die von sich aus nicht erfaßbar sind, weder durch menschliches Deuten noch durch andere Einsicht, noch durch okkulte Kräfte...]

Und etwas weiter:
... La parfaicte des causes notice (= la parfaite notion des causes) ne se peut acquerir sans celle (= cette) divine inspiration: veu que toute inspiration prophétique reçoit prenant son principal principe mouvant de Dieu le createur, puis de l'heur et de nature...
[Die vollkommene Einsicht in die Ursachen kann nicht erworben werden ohne göttliche Inspiration; denn jede prophetische Inspiration erhält ihren ersten Anfang und Impuls von Gott, dem Schöpfer, danach erst folgen das Horoskop und die Natur...]

Am nächsten Tag, als Momordy und Leslucas sich einfanden, faßte Herr Espopondie unsere Hirngespinste für sie zusammen und bat mich, zwei oder drei Seiten aus Nostradamus' Vorwort vorzulesen.

– Nun habt ihr das Wort, meine Freunde. Ich selbst bin noch immer am Ausgangspunkt, allenfalls imstande, an der Öffnung des *mundus*, wie du sagst, ein Geländer und ein Schild mit der Aufschrift »Gefahr« anzubringen.

Unsere Freunde legten keinen großen Eifer an den Tag. Herr Leslucas sagte lediglich, daß er von dem Verzeichnis der Übereinstimmungen zwar beeindruckt sei, aber ebensosehr – und noch mehr als wir – von der Vergeblichkeit jedes Erklärungsversuchs *hic et nunc* überzeugt. Er lebe außerhalb der Metaphysik, unbekümmert um »zweite Physiken«, ein wenig stoisch, ein wenig epikureisch, und es gehe ihm dabei sehr gut. Seiner Ausbildung, seinem Beruf nach beschränke er sich darauf, Tatsachen festzustellen.

Herr von Momordy schien sich unbehaglich zu fühlen:

– Ihr seid Büchermenschen, sagte er lebhaft, und eure Probleme, die Schlaglöcher des Lebens, sind von euren philologischen Kissen abgefedert. Wir dagegen werden vom Räderwerk der Handlung ergriffen. In wenigen Monaten werde ich Mustafa Kemal oder einem anderen historischen Monster gegenübersitzen. Ich werde Entscheidungen treffen, Ratschläge erteilen müssen...

Er holte Atem, zögerte vielleicht:

– Ich brauche einen Gott, und eure beiden Quatrains bringen mich nicht davon ab. Alles, was ihr den bescheidenen Geständnissen von Nostradamus entgegenhaltet, setzt sie nicht außer Kraft. »Jede prophetische Inspiration erhält ihren ersten Impuls von Gott, dem Schöpfer.« Nach Gott kommen seine wichtigsten Erzengel: »l'heur«, sagen wir die Wahrscheinlichkeitsrechnung; und »la nature«, der élan vital, wie man ihn im Collège de France lehrt.

Nach einigem Schweigen, das zu stören wir uns hüteten, ereiferte er sich:

– Warum schiebt ihr mit einem Wort die »Theologien« beiseite, wie ihr es nennt? Ich spüre in mir, ebenso lebhaft wie dunkel, die Notwendigkeit und die Evidenz dessen, war ihr sogar zu benennen vermeidet: die Finalität. Euer Determinismus, eure alles annektierende Kausalität vergessen das, die Endursachen... Und warum zieht ihr so einfache, so bequeme Dinge wie den Unterschied zwischen Körper und Geist in Zweifel? Unsere Erfahrung, sagt ihr, begegnet keinem Gedanken, keinem Willen, keiner Liebe jenseits der Neuronen, ohne die Neuronen. Was wißt ihr davon? Das ist das ganze Problem. Und ihr selbst, die ihr eure Milliarden von Neuronen im Griff habt, was macht ihr mit jenem Eindruck der Einheit, der nicht verachtenswerter ist als eure übrigen Erfahrungen? Ich für meine Person habe den Eindruck, ständig in einer universellen Märchenwelt zu leben, in der das Erklärbare die Ausnahme ist. Das Normale scheint sich mir zum Wunderbaren zu verhalten wie der Kreis zur Ellipse: ein Sonderfall, verarmt, eingeschnürt, all dessen entleert, was die Kraft der Quadrate ausmacht. Eure gewöhnliche Trigonometrie nimmt sich gut aus neben diesen beiden Brennpunkten, diesem elliptischen Sinus und Kosinus, deren Beziehungen sich nur dann in eine Formel bringen lassen, wenn ihr es wagt, das kleine *i* hinzuschreiben, das Zeichen für eine imaginäre Zahl, deren Inhalt ihr euch nicht vorzustellen vermögt: ist die Quadratwurzel aus –1 etwa rationaler, denkbarer als das Einwirken eines Gottes auf eure Seele? Das eine wie das andere beweist sich durch seine Wirksamkeit. Und außerdem, ihr macht mir Spaß, wenn ihr, sobald ihr philosophiert, nicht mehr von Gedächtnis und Materie, Geist und Körper sprechen wollt, während ihr im täglichen Leben sehr froh seid, über diese alten Wörter verfügen zu können.

Sie sind unpassend, unzulänglich, archaisch und rühren nicht an den »Kern der Dinge«? Mag sein. Aber die Beleuchtung, in die sie die Welt tauchen, hat den Vorteil, daß sie existiert. Man muß leben! Die französische Sprache ist auch nicht »exakt«, so wenig wie irgendeine andere, und dennoch sprechen wir mit Nutzen; kein Vokabular einer Sprache deckt sich genau mit dem einer anderen, und trotzdem übersetzen wir... Kurz, um zu unserem Propheten zurückzukehren, ich meine ganz einfach, daß er durch die Gnade eines Gottes gesehen, gehört, gedacht hat.

– Unseres Gottes?

– Wenn Sie wollen. Ich verleugne diesen Gefährten meiner Kindheit nicht. Im übrigen, so fügte Herr von Momordy errötend hinzu, kenne auch ich ein wenig, und zwar aus Erfahrung, die Welt der Prophetie.

Zweifellos rechnete er mit einer Frage. Wir stellten sie nicht, und Herr Espopondie schloß mit den Worten:

– Sie haben die Debatte mutig beendet. Ich schätze Mut ebenso sehr wie Besonnenheit.

Wir trafen uns weiterhin zweimal in der Woche bei unserem Freund, aber weder Varennes noch Sauce flossen mehr in unsere Gespräche ein. Um jeder Wiederholung vorzubeugen, hatte mir Herr Espopondie im übrigen am Abend unserer letzten Unterredung – ein kostbares oder vergiftetes Geschenk, ich weiß es nicht – die Abhandlung überreicht, die uns so lange beschäftigt hatte.

VII

Gegen Ende des Winters 1924/25 verschlechterte sich der Gesundheitszustand von Herrn Espopondie. Zwei Krankheiten, seine beiden Moiren mit ihren unvereinbaren Beschwörungen, stritten sich um die Ehre, ihm den Garaus zu machen. Um ihn zu zerstreuen, versammelten wir uns, Herr von Momordy, Charles Leslucas und ich, die wir ihm viel verdankten, weiterhin ein- oder zweimal in der Woche um seinen Sessel und sprachen von »anderen Dingen«. Im Februar brachte uns ich weiß nicht welcher Zwischenfall auf Nostradamus zurück, und diesmal beschlossen wir spaßeshalber, daß sich jeder von uns der Reihe nach anhand eines Quatrain der *Centuries* ein Ereignis der nahen Zukunft ausdenken sollte. Und Herr Espopondie sollte demjenigen den ersten Preis verleihen, der die einfachste, wortgetreueste, kohärenteste und zugleich unwahrscheinlichste Konstruktion vorlegen würde. Da ich knapp der Älteste war, wurde ich gebeten, den Anfang zu machen.

Ich bin für Gesellschaftsspiele nicht begabt und habe wenig Phantasie. Nach einigen vergeblichen Versuchen entledigte ich mich meiner Aufgabe. Da ich mich damals für die Beschreibungen interessierte, die die alten Skandinavier in Prosa und in Versen vom Ende der Welt abgefaßt haben, wählte ich den berühmten Quatrain 72 der zehnten *Centurie*, eine der wenigen, die ein Datum enthalten:

L'an mil neuf cens nonante neuf sept mois
Du ciel viendra un grand Roy d'effrayeur...
[Im Jahre 1999 im siebten Monat
kommt vom Himmel ein großer Schreckenskönig...]

Und ich entnahm ihm ich weiß nicht mehr welch paradox optimistische Apokalypse: Lauten die letzten Worte des Quatrain nicht: »... par bon heur« [zur guten Stunde]? Herr Espopondie lächelte höflich, aber Herr von Momordy meinte, ich hätte es mir recht leicht gemacht, indem ich mich auf die Mythologie verlegte, während man doch Geschichte erwartete. Ich verteidigte mich nicht, da ich mich für ausgeschieden hielt. Wir beendeten den Nachmittag, indem wir über das erste *Journal* von Paul Valéry sprachen, das Champion soeben im Faksimile veröffentlicht hatte.

In der folgenden Woche war Charles Leslucas an der Reihe, mein Schulkamerad der Ecole Normale, der sich damals erfolglos um die Entzifferung der Schriften des mykenischen Kreta bemühte. Er hatte natürlich den Quatrain 89 der dritten *Centurie* gewählt, in dem die Zwillingsinsel Zypern genannt wird.

En ce temps la sera frustree Cypres
De son secours de ceux de mer Egee:
Vieux trucidez, mais par mesles et lyphres
Seduict leur Roy, Royne plus outragee.
[Zu dieser Zeit wird Zypern enttäuscht sein
über die Hilfe derer vom Ägäischen Meer:

Die Alten werden ermordet, aber durch betrübliche Wirrnis wird der König verführt, die Königin noch mehr beleidigt.]

– Ich hoffe, daß ich euch zumindest in puncto Unwahrscheinlichkeit zufriedenstelle, sagte er. Zypern befindet sich in den Händen der Engländer, die sich anschicken, ihre Schutzherrschaft in eine Kolonialherrschaft umzuwandeln, und ich unterstelle, daß die Insel unabhängig ist, eine autonome Nation... Griechenland ist gerade eine Republik geworden, und ich werde ihm erneut eine Dynastie verpassen... Aber hier nun mein Ereignis.

Wie ihr wißt, ist Zypern von Griechen und Türken bewohnt, die bisher einigermaßen miteinander auskommen. Aber nach der Unabhängigkeit, die ich ihnen verordne, werden die Türken des Kontinents die der Insel aufhetzen und beginnen, auf den Teil Anspruch zu erheben, der ihrer Küste gegenüberliegt, und sogar auf etwas mehr, und diesen Teil bald darauf besetzen, ohne daß die königliche Regierung, die ich in Athen wiedereingesetzt habe, obwohl sie alle Archipele des Ägäischen Meers beherrscht, den griechischen Zyprioten die erhoffte Hilfe geben kann oder zu geben wagt. Es kommt zu Gewalttätigkeiten auf der Insel, sogar zu Morden. Im Königreich wird im ganzen Verlauf der traurigen Entwicklungen dieses erzwungenen Nebeneinanders von Volk und Invasionsarmee der König von Griechenland – »ihr« König, der nur der König »derer vom Ägäischen Meer« sein kann – schlecht beraten, und eine Königin – die Frau oder die Mutter besagten Königs, ich lasse euch die Wahl – wird immer unpopulärer. Ich wäre nicht überrascht, wenn dies nach und nach zu einer neuerlichen Vertreibung des Königs führen würde. Aber dieses Ende will ich in Nostradamus nicht hineinlesen!

Wieder lächelte Herr Espopondie. Herr von Momordy und ich zeigten uns beeindruckt. Wir gestanden diesem Szenarium die geforderten Eigenschaften der Kohärenz und Unwahrscheinlichkeit zu, bestritten jedoch, daß es für wortgetreu gelten könne, da der Text dunkle Wörter enthalte, und daß es auch nicht einfach sei, da es einige Mühe gekostet habe, so viele Begebenheiten auf so wenige Wörter aufzufädeln. Herr von Momordy nahm sich zunächst die Übersetzung vor.

– Ist die Syntax Ihrer Interpretation, sagte er, nicht willkürlich? Sie bilden vier Sätze, wo es nur ein Verb gibt.

– Nostradamus liebt diese Art von Ellipse, sagte Leslucas. Das Verb des ersten Satzes, des ersten Verses, »sera«, färbt auf alles übrige ab: Alte *werden* ermordet, der König *wird* verführt, die Königin *wird* beleidigt werden.

– Das ist noch nicht alles, fuhr Herr von Momordy fort. Ihr Quatrain enthält künstliche, von Nostradamus erfundene Vokabeln, die Ihnen zu viel Freiheit geben. Zum Beispiel wenn Sie »mesles et lyphres« durch »die traurigen Ereignisse, die aus dem Nebeneinander von Besatzern und Besetzten resultieren«, wiedergeben.

– Mein Freund, antwortete Herr Leslucas, diese Übersetzung drängt sich auf. Wie Le Pelletier vor achtzig Jahren richtig gesehen hat, ist »lyphre« offenkundig ein hellenistisches Elaborat: darauf verweist das *y* und das überflüssige *h* von *ph* – überflüssig, da der Reim *-ipre* ist; es ist aufgemotzt, wenn Sie mir den saloppen Ausdruck gestatten. »Die lyp(h)-res« können nichts anderes sein als das griechische *ta lypra*,

»die traurigen oder betrüblichen Dinge«. Und sehen Sie nur, wie gelegen dieses Wort kommt, obwohl durch den Reim angeregt (»Cypres« ist anspruchsvoll!): es stellt gleichsam eine natürliche, verhängnisvolle Beziehung her, eine Prädestination zwischen der Konsonanz des Worts »Chypres« und der Prüfung, die es heimsuchen wird. Man denkt an jenen anderen Vers, der in einer Biographie des Sophokles erhalten ist, wie ich glaube, in dem der vom Schicksal verfolgte Odysseus ausruft (ich bearbeite ein wenig): »Ja, ich heiße mit Recht *Odysseus*, ein Name, der dieselbe Wurzel hat wie der Name des Schmerzes, *odynē*.« Wundern wir uns auch nicht darüber, daß hier ein griechisches Wort französiert wurde: das Ereignis ist griechisch.

Was »mesles« betrifft, so ist es eines jener kurzen Substantive, die Nostradamus aus Infinitiven bildet und längeren Derivativen oder Komposita vorzieht: »la pille« ist bei ihm »le pillage«; »le part« ist, wie wir neulich sahen, »le départ«. »Mesle«, das soviel bedeutet wie »mélange« [Mischung] ist im übrigen nichts anderes als das zweite Element unseres »pèle-mêle« [Wirrwarr], das in den *Centuries* ebenfalls vorkommt (X 98 *d*: »pesle-mesle«). Die Verbindung des Worts mit »lyp(h)res« ist befriedigend: Was wird in diesem Augenblick der Grund für den Kummer der Griechen aus Zypern und indirekt der Griechen aus Griechenland sein, wenn nicht eben diese gegenseitige Durchdringung, dieses erzwungene Zusammenleben mit dem moslemischen Eindringling, dieses zivile und militärische »Gemenge«? Diesmal denkt man an den »Quatrain von Nantes« (V 33): »Cris, hurlements à Nantes piteux voir!« [Das Schreien, Heulen in Nantes ist schrecklich anzusehen], wo im dritten Vers die berüchtigten *mariages nantais* des Prokonsuls Carrier evoziert zu werden scheinen: »Détranchés masles, infelice meslée« [die Männer werden zerstückelt, unglückselige Vermischung]. Wenn ihr wollt, könnt ihr hier direkt übersetzen mit »durch das Zusammenleben *und* die betrüblichen Ereignisse«, was nichts am Sinn ändert; aber ich denke eher an ein Hendiadys, das Ursache und Wirkung nebeneinanderstellt, statt sie in ihrer Abhängigkeit zu konstruieren: »die betrüblichen Folgen des Zusammenlebens«. Bleibt die Präposition »par«, die »mesles et lyphres« einführt. Ich verstehe sie im Sinn von »durch die Schuld von, aus Anlaß von«, aber auch zeitlich »durch all die Zeit« (wie wir sagen »par le temps qui court«); ihr könnt sie jedoch auch instrumental übersetzen, unter der Voraussetzung, daß ihr das Verb »séduire« seinem ursprünglichen Sinn annähert: Der König wird »sé-duit«, durch die traurigen Ereignisse in Zypern von einer guten Politik abgebracht. Ich gebe jedoch meiner Bedeutung den Vorzug und glaube zwischen den Zeilen zu lesen, daß der König deshalb in die Irre geht, weil er von den Ratschlägen der Königin, seiner Gattin oder Mutter, »verführt« wird, die unmittelbar nach ihm Erwähnung findet und die die öffentliche Meinung nun immer schlechter behandelt. Gewiß kommt das nicht an die dem König nicht minder verhängnisvolle »Verführung« heran, von der ein anderer Vierzeiler spricht:

Luxe, ô salle d'ébène où, pour séduire un roi,
Se tordent dans leur mort des guirlandes funèbres,
Vous n'êtes qu'un orgueil menti par les ténèbres

Aux yeux du solitaire ébloui de sa foi...
[O saal von ebenholz der könige verführt
Wo strahlend noch im tod verschlungne ranken wallen
O pracht du bist so rasch der finsternis verfallen
Im blick des einsamen der sich den glauben kürt.]

Doch ihr müßt zugeben, daß auch unsere beiden Verse »Vieux trucidé, mais, par mêles et lypres / séduit le Roi, Reine plus outragée« recht schön klingen.

– Nostradamus erinnert Sie wirklich an Mallarmé?

– Und an Baudelaire. Hört:

Le corps sans âme plus n'être en sacrifice,
Jour de la mort mis en nativité:
L'esprit divin fera l'âme félice
Voyant le Verbe en son éternité.
[Der Körper ohne Seele wird nicht länger geopfert,
Der Tag des Todes wird zur Geburt,
Der göttliche Geist beglückt die Seele,
sieht man das Wort in seiner Ewigkeit. (II, 13)]

In der dritten Woche kam Herr von Momordy seiner Verpflichtung nach:

– Ihr werdet sehen, sagte er, ich habe keinen eurer Fehler gemacht. Mein Quatrain ist kristallklar, meine Interpretation wortgetreu und mein Material historisch.

Als junger Diplomat sollte Jacques de Momordy demnächst seine erste wichtige Stellung bekommen und meinte, es würde Ankara sein. Seine Studien über den Nahen Osten hatten ihn darauf vorbereitet, und er las und sprach recht ordentlich Türkisch. Da er verteufelt romantisch war, hätte er lieber die Türkei der Serails und der Kaiks entdeckt, aber die Vorstellung, zwei oder drei Sommermonate an den Gestaden, und seien es republikanische, des Bosporus zu verbringen, entzückte ihn. Es überraschte uns also nicht, daß er anläßlich des Quatrain 97 der zweiten *Centurie* Istanbul beschwor:

Romain pontife garde de t'approcher
De la cité que deux fleuves arrouse,
Ton sang viendra auprès de la cracher,
Toy et les tiens, quand fleurira la rose.

– Hier meine Übersetzung, sagte Herr von Momordy ohne Umschweife: »Heiliger Vater, hütet Euch davor, Euch der Stadt zu nähern, die das Wasser ihrer Flüsse und Kanäle in den Bosporus und ins Goldene Horn ergießt. (Solltet Ihr es trotz dieser Warnung dennoch tun,) wird bald darauf, an einem Tag im Mai, Euer Blut auf Euch selbst und Eure Umgebung spritzen.« Dann kam die Auslegung:

– Der Besuch eines Oberhaupts der römischen Kirche am anderen, vom Islam eroberten Pol der Christenheit, ja sogar seine bloße Ankunft in der Türkei würde, wie ich mir vorstellen kann, von einem fanatischen Moslem als Provokation empfunden, und dieser hätte in diesem Augenblick nur einen einzigen Gedanken im Kopf: ihn zu töten. Einige Monate oder Jahre später würde er irgendwo, an einem Tag im Mai, allein oder auf Anweisung, sein Glück versuchen, wenn ich so sagen darf, und den Heiligen Vater sowie einige Umstehende schwer verwunden.

Wir alle spürten, daß Herr von Momordy den Preis gewonnen hatte. Aber Charles Leslucas mußte sich revanchieren. Er suchte Streit.

– Im Le Pelletier sehe ich im zweiten Vers nicht »qui«, sondern »que«.

– Das ändert nichts. Es kommt vor, daß Nostradamus im Nominativ »que« statt »qui« verwendet: ein Überbleibsel aus dem Mittelalter. Jedenfalls ist das Relativpronomen das Subjekt, da das Verb, »arrouse«, im Singular steht.

– Kann man wirklich behaupten, daß der Bosporus und das Goldene Horn Flüsse sind?

– Ja, und zwar im strengsten Sinn des Wortes, wenn auch mit »kuriosen Besonderheiten«, wie Verlaine von einigen seiner Liebschaften sagte. Der Bosporus ist nichts anderes als ein breiter Kanal, gebildet durch den Zusammenfluß aller Flüsse, von der Donau bis zur Phasis, die das Schwarze Meer speisen, welches selber nur ein Binnengewässer, ein Reservoir ist, angestaut durch den langen Damm der Küsten Thrakiens und Anatoliens. Dieser Damm ist vor sehr langer Zeit an einem Punkt aufgebrochen, und das Wasser hat einen Abfluß gefunden. Ja, der Bosporus ist ein Fluß, dessen Nebenflüsse die größten Ströme Europas sind: man braucht nur in der Nähe von Bebek die Kraft des Druckes zu messen, der, nach den Worten der Einheimischen, »die Strömung des Teufels« erzeugt. Und das Goldene Horn ist nichts anderes als die verbreiterte und zu einem Fjord gewordene gemeinsame Mündung der beiden heute recht bescheidenen Flüsse, welche das Süße Wasser Europas bilden, wie man es noch heute nennt.

– Aber warum räumen Sie dieses Privileg Istanbul ein?

Mehr als eine Stadt auf der Welt ergießt ihre sauberen und schmutzigen Wasser in zwei Flüsse. Hat man zum Beispiel nicht Lyon vorgeschlagen, das am Zusammenfluß von Saône und Rhône liegt?

– Nehmen Sie als »Stadt mit zwei Flüssen«, welche Sie wollen, aber Sie müssen herausfinden, aus welchem Grund einem »Romain Pontife« dort Gefahren drohen, die mit seinem Amt, mit seinem Titel zusammenhängen, worauf die ersten Worte des ersten Quatrain mit dem hervorgehobenen Adjektiv »römisch« feierlich hinweisen. Nehmen Sie zum Beispiel das siebentorige Theben des griechischen Epos, weil der Chor der *Bittflehenden* die Stadt wegen ihrer beiden Flüsse, Asopos und Ismenos, *polis dipotamos* nennt: ein humanistischer Papst, den eine Pilgerreise zu Pindars Haus reizt, warum nicht? Aber inwiefern könnte diese Laune eine mörderische Reaktion hervorrufen? Die Hagia Sofia dagegen, angefüllt mit den Wappenzeichen der Nachfolger des Propheten; der im Phanar eingeschlossene Patriarch des Zweiten Roms; der die Überreste seiner einstigen Eroberungen gegen alle kreuzzugähnlichen Unternehmungen verteidigende Islam – das alles bildet den Hintergrund für einen Religionskrieg und rechtfertigt in gewissem Maße den Zwischenfall, den ich mir vorstelle.

– Sind Sie sicher, daß die beiden Hälften des Quatrain so eng miteinander verbunden sind, daß der blutige Zwischenfall, den die zweite beschreibt, dem Besuch, von dem die erste abrät, nicht nur zufällig *folgt*, sondern *logisch* von ihm *verursacht* ist?

– Die Allgemeinheit des Ausdrucks »Romain pontife, garde-toi...« suggeriert, daß die Gefahr ständig besteht und nicht einer bestimmten Person gilt; daß sie also sowohl mit dem Amt des möglichen Besuchers als auch mit der Natur der Stadt verbunden ist, der er sich nicht nähern soll. Die *Centuries* enthalten zwei weitere Quatrains, in denen der Imperativ des Verbs »garder« derartige Warnungen einleitet. Der eine (III, 43) ist genauso gebildet wie derjenige, der uns beschäftigt; er besagt etwa folgendes: »Leute aus dem Südwesten Frankreichs, hütet euch, die Apenninen zu überschreiten: [sonst] werdet ihr umkommen und in Rom und Ancona begraben liegen.« Die Drohung ist nicht verschleiert: Nostradamus imaginiert eine militärische Expedition (im vierten Vers ist von »aufgerichteten Trophäen« die Rede), die zum völligen Scheitern verurteilt ist. Die Beziehung der beiden Hälften des Quatrain ist ganz offenkundig die von Ursache und Wirkung. So auch hier.

– Mag sein, sagte Leslucas. Aber es stört mich noch etwas anderes. Sie behandeln »auprès de là« im dritten Vers als einen zeitlichen Hinweis: »à peu de temps de là« [bald darauf]. Könnte es nicht einfach ein Ortshinweis sein? Der Papst würde »am« Ort seines Handelns, seiner Provokation getroffen.

– Die Warnung ist nicht nur unpersönlich, sondern auch zeitlos, nicht auf eine bestimmte Jahreszeit beschränkt, während das Bluten für den Frühling angekündigt ist, »wenn die Rose blüht«. Das hat nur dann einen Sinn, wenn die Wirkung, in dieser Weise auf eine Jahreszeit begrenzt, im Laufe der Zeit nicht zwangsläufig und unmittelbar an ihre Ursache angrenzt, deren Datum unbestimmt, unerheblich ist und folglich auch an einem anderen Ort auftreten kann. Wenn der Ausdruck »auprès de là« Sie stört, weil er auf doppelte Weise örtlich zu sein scheint (erstens durch »auprès« und zweitens durch »là«), so kann ich Sie beruhigen, indem ich Sie auf Nostradamus verweise, der ihn an anderer Stelle verwendet hat, und zwar in einem Kontext, wo er unzweifelhaft temporal ist: in III 33 *a-b* lesen wir: »*En* la cité où le loup entrera / *Bien près de là* les ennemis seront.« Da man nicht gleichzeitig »in« und »nahe bei« einem Ort sein kann, bedeutet dieser Vers: »Wenn der Wolf *in* die betreffende Stadt einziehen wird, werden auch die Feinde *sehr kurze Zeit danach* dort sein.«

– Aber im dritten Vers unseres päpstlichen Quatrain steht »*viendra* auprès de là«. Nötigt uns »viendra«, ein Verb der Bewegung, nicht dazu, dem »auprès de là« eine lokale Bedeutung zu belassen?

– Sie verstümmeln den Vers, denn dort heißt es nicht »viendra auprès de là«: »venir« verstärkt lediglich den folgenden Infinitiv, »viendra cracher«, eine Konstruktion, die in den *Centuries* häufig vorkommt und im allgemeinen bedeutet: »kommen, um zu ...«, was hier ausgeschlossen ist, da das Blut des Papstes nicht »kommen« wird, »um zu« spritzen, und, allgemeiner gesagt, nirgendwohin »kommen wird«. Es handelt sich also um ein umschreibendes Futur, das feierlicher ist, als »ton sang crachera« es wäre. »Ton sang viendra cracher« suggeriert in etwa: »dein Blut, sich dem Schicksal fügend, das ich aussage, wird spritzen«; oder, weniger mythologisch: »il *adviendra* que ton sang crache« [es wird geschehen, daß dein Blut spritzt]. Die Wörter »auprès de là« fügen die Nuance hinzu: »il ad-viendra dans un a-venir proche« [es wird in einer nahen Zukunft geschehen].

– Gut. Aber mir scheint, daß Sie »toy et les tiens« sehr frei konstruieren, wenn Sie vermuten, daß das Blut des Papstes nicht allein *auf* ihn, sondern auch *auf* seine Umgebung spritzen wird: wo steht das Wort »sur«? Könnte es sich nicht eher um eine Abänderung des Subjekts des Satzes handeln: »Dein Blut wird spritzen – ja, dein Blut und das der Deinen«?

– Nicht ich bin es, der diese vier Wörter frei konstruiert, sie sind von Nostradamus frei konstruiert worden. Der Prophet liebt diese anspielende, bisweilen atemlose Syntax, die adverbiale Hinweise in Form einer Parenthese verstreut, ohne auszudrücken, wodurch sie begründet sind, welche Beziehung sie zu diesem oder jenem wichtigeren Element des Satzes haben. Es kann also sein, daß Sie recht haben, daß der Papst nicht allein blutet. Genau besehen ist das sogar eine interessante Variante: Entweder wird der Papst, als einziger verletzt, mit seinem Blut sich selbst und diejenigen bespritzen, die ihn stützen werden; oder andere Personen, Mitglieder des päpstlichen Gefolges oder fremde Gläubige, die gekommen sind, um ihn zu sehen, werden bluten wie er, mit ihm. Die beiden Szenen lassen sich im übrigen verbinden. Schließen wir einen Kompromiß, wenn Sie wollen: Während der Papst die Umstehenden mit seinem Blut befleckt, bricht ein frommer Tourist zusammen, sagen wir als Dreingabe eine Amerikanerin, getroffen von einer anderen Kugel oder einem anderen Messerstich.

– Einverstanden, sagte Leslucas. Aber sind Sie sicher, daß »quand fleurira la rose« wörtlich zu verstehen ist, als ein Hinweis auf die Jahreszeit? Die Rose hat so vielen Ideen als Symbol gedient! Könnte sie hier nicht einen politischen Frühling bedeuten, zum Beispiel den Wahlsieg einer Art fortgeschrittener Demokratie, nicht ganz so rot wie die des Strebers Herriot, aber doch ein wenig farbiger als das, was Herr Poincaré zustande gebracht hat?

– *De minimis non curat vates*, sagte Herr von Momordy. Und denken Sie an die goldene Regel: Halten wir uns an die augenfällige Bedeutung. Die Quatrains bergen so viele dunkle Stellen, daß wir die wenigen Lichter, die darin aufgestellt sind, mit Achtung behandeln sollten.

Herr Espopondie hatte nicht eingegriffen, aber die Debatte schleppte sich hin. Er beendete sie.

– Der Preis gehört Ihnen, sagte er zu dem Diplomaten. Ihre Szene ist die schlichteste, die bündigste, und das Ereignis, das Sie erfunden haben, ist wirklich das unwahrscheinlichste. Wie sollte ein Papst auf die Idee kommen oder die Möglichkeit haben, nach Istanbul zu reisen, ja überhaupt Rom zu verlassen, da sich die »Römischen Päpste« seit 1870, von Regierung zu Regierung, für Gefangene des Vatikans halten und Benito Mussolini nicht der Mann ist, das Königreich um seine Hauptstadt zu bringen? Und wie ist auf türkischer Seite eine solche Bewegung religiösen Fanatismus vorstellbar, wo doch Mustafa Kemal, der bereits den Sultan entlassen und das Kalifat abgeschafft hat, sich mit großer Energie anschickt, sein Land zu europäisieren, zu säkularisieren? Er ersetzt die Freitagsruhe durch die Sonntagsruhe, er schickt die Imams an den Galgen, die es wagen, gegen die Kurie zu predigen, er schließt die Klöster der Derwische, er läßt nicht einmal eine Moschee in Ankara bauen, und ich höre, daß sich die arabische Schrift nicht mehr lange halten wird. Ja, mein Freund, Ihre Idee ist die ungereimteste. Sie haben gewonnen.

Wir schickten uns an, das Thema zu wechseln, als ich ihn murmeln hörte:

– Aber, wer weiß?

VIII

Dieses Wiederaufleben unserer nostradamischen Spiele setzte sich in den folgenden Zusammenkünften nicht fort. Doch eines Abends, als ich in dem schon reichlich zusammengeschmolzenen Vorrat an Papieren stöberte, der sich in einem Zimmer der Wohnung angehäuft hatte, geriet ich an einige Blätter mit der Überschrift: »Eine Quelle von Nostradamus: Titus Livius«.

– Ach ja, das hatte ich ganz vergessen, sagte Herr Espopondie. Diese Sache mit den Quellen berührt keine irgendwie geartete Form einer »zweiten Physik« und ist nicht dazu angetan, Nostradamus glaubwürdig zu machen: Sie beweist, daß Michel de Damenôtre gelegentlich dasselbe tat wie das polnische Medium von Charles Richet: er schummelte. Genauer gesagt, er fabrizierte oder bereicherte zumindest die Zukunft in aller Ruhe mit Vergangenheit. Die römischen Institutionen, die römische Geschichte, wie die Antiquare und Annalisten sie geformt haben, waren ihm vertraut: Aulus Gellius, die Fragmente von Varro, der Abriß von Verrius Flaccus, ganz zu schweigen von Livius oder Plutarch, nährten die Humanisten der Renaissance – viel mehr als die Gelehrten von heute. Aus diesen Kenntnissen zog jeder Bürger der Gelehrtenrepublik, ob Moralist oder Dichter, Philosoph oder Arzt, je nach seiner Kunst Nutzen. Warum nicht auch die Wahrsager? So hielt sich denn meine Überraschung in Grenzen, als ich vor fünfzehn oder zwanzig Jahren feststellte, daß in der französischen Literatur der erste Hinweis auf jene Triade der *flamines majores*, die schon immer meine Neugier erregt hat (ich empfehle dir das Thema: es gibt bestimmt viel zu entdecken), bei Nostradamus zu finden ist, und gleichzeitig die Römische Geschichte von Livius als eine der Quellen jener Zukunft erkannte, die unser weitschweifiger Prophet zu verkünden behauptet. Lies mir meine Blätter vor. Es kann nicht lang sein.

Ich las:

Man nimmt allgemein an, daß die fünfte Centurie der Orakel *kurz nach Nostradamus' Tod veröffentlicht wurde. Nun liest man dort aber, was selten ist, eine Reihe von Quatrains (74 bis 82), die sich ohne große Mühe auf ein und dasselbe, in dunklen Worten angekündigte Ereignis beziehen lassen, nämlich auf das Erscheinen einer außergewöhnlichen Person, die für die Kirche sowohl ein Restaurator wie ein Reformator und ganz allgemein ein »großer Gesetzgeber« (79) sein wird:*

74. *De sang troyen naistra cœur Germanique*
Qui deviendra en si haute puissance
Hors chassera [gent] estrange Arabique
Tournant l'Eglise en pristine preeminence
(= éminence).

[Aus trojanischem Blut wird ein deutsches Herz geboren,
Das zu so hoher Macht gelangt;
Er wird das fremde arabische Volk verjagen
Und der Kirche ihre frühere Vorherrschaft
zurückgeben.]

Wenn mehreren der dieser Eröffnung folgenden Quatrains (76, 78, 79, 80) nicht beizukommen ist, so sind zwei (75, 77) völlig klar. Letzterer, der zunächst eine wahre Metamorphose, eine Paganisierung der kirchlichen Hierarchie, sodann das Eingreifen eines Königs von Frankreich beschreibt, lautet:

Tous les degrez d'honneur Ecclesiastique
Seront changez en dial quirinal:
En Martial quirinal flaminique,
Puis un Roy de France le rendra vulcanal.

Im zweiten und dritten Vers bezieht sich Nostradamus auf die römische Triade der Flamines majores: flamen Dialis, flamen Martialis, flamen Quirinalis, *das heißt die Priester des Jupiter, des Mars und des Quirinus, die in dieser Reihenfolge deutlich hierarchisiert sind. Genau dies war die römische Doktrin der* ordo sacerdotum, *die auf »ungleichen Würden« gründete,* discrimina dignitatis. *Man braucht nur an die Anmerkung des Bearbeiters von Verrius Flaccus zu erinnern:*

[Unter den Priestern] wird der *rex* als der größte angesehen, sodann folgt der *flamen Dialis*, nach ihm der *Martialis* und an vierter Stelle der *Quirinalis*, an fünfter der *pontifex maximus*. So sitzt bei einem Gastmahl der *rex* über allen Priestern, der *Dialis* über dem *Martialis* und der *Quirinalis* über dem *pontifex*: der *rex*, weil er der mächtigste ist; der *Dialis*, weil er der Priester des Universums ist, das man *dium* nennt; der *Martialis*, weil Mars der Vater des Gründers von Rom ist; der *Quirinalis*, weil Quirinus aus Cures berufen wurde, um sich dem römischen Reich zu verbinden; der *pontifex maximus*, weil er der Richter und Schlichter der göttlichen und menschlichen Dinge ist.

Das Wort »flaminique«, das Nostradamus ans Ende der Aufzählung setzt, ist zweideutig. Es kann ein weibliches Substantiv sein und, wie es in Rom häufig vorkommt, »die« flaminica *par excellence bezeichnen, die Frau des Flamen Dialis. Es kann auch ein Adjektiv im Maskulinum sein; in diesem Fall wäre es ein gemeinsames, für jeden der drei in diesen beiden Versen genannten Priester geltendes Etikett, die alle vom flaminischen »Typ« sind, das heißt jeweils genau der Zone des Heiligen zugeordnet, die ihr namengebender Gott beschützt. Da der Text keine weibliche Person vorstellt, scheint die zweite Erklärung am wahrscheinlichsten zu sein.*

Das Faktum der Hierarchie ist seltsam ausgeprägt. Zwar wird der niedere Grad, »quirinal«, zweimal genannt, in symmetrischen Ausdrücken, im zweiten und dritten Vers, aber beide Male als Apposition zu einem der höheren Grade, die ihrerseits in der herkömmlichen Reihenfolge stehen, zuerst der Dial, dann der Martial.

Es läßt sich nicht sagen, auf welche Weise sich Nostradamus diese Paganisierung der christlichen ordo sacerdotum *vorstellt. Sie ist paradox. Strenggenommen ist sie sogar undenkbar, da die Definition der Flamines, insbesondere der drei ranghöchsten, einen strikten Polytheismus voraussetzt, ebenso die Teilung des Übernatürlichen in getrennte Bereiche, von denen jeder das ausschließliche Eigentum und Wirkungsfeld eines der großen Götter ist. In der Theologie der römischen Republik sind Jupiter, Mars und Quirinus vor allem durch ihre positiven oder negativen Beziehungen, durch ihre Affinitäten und Gegensätze definiert: Wie könnte die Kirche, will sie christlich bleiben, innerhalb ihres heiligen Personals eine solche Zersplitterung, eine solche Absonderung zulassen, die nicht nur eine Sache der Organisation und des Vorrangs wäre, sondern das unitarische Prinzip ihrer Theologie berühren würde? Vielleicht hatte diese in unseren Augen schwerwiegende Frage keinen Sinn für Nostradamus, der Philologe und nicht Theologe war und außerdem in seiner Philologie gewiß keine klare Vorstellung davon besaß, was die Triade der Flamines majores im Kern bedeutet hatte. Sein Text geht nicht über das Wortspiel, die pittoreske Verbindung lateinischer Namen in ihrer üblichen Reihenfolge hinaus. Im Prinzip gibt es für diese Passage zahlreiche mögliche Quellen, ihre Zahl ist ebenso groß wie die der lateinischen Texte, die in der Mitte des 16. Jahrhunderts alle bekannt waren und die von den Flamines majores sprechen. Wenn der Ausdruck »alle Grade kirchlicher Ehren« an den Anfang der Anmerkung von Festus gemahnt, die ich abgeschrieben habe (Hg. Lindsay, S. 199), so verweist der Kontext des Quatrain 77 eher auf die Historiker, da es um eine »Veränderung« geht, um eine Reform, die der Schaffung eines neuen Klerus gleichkommt – was zwei Quatrains später (79) dadurch bestätigt wird, daß der Urheber dieser Reform als »Gesetzgeber« auftritt (»... durch das Erscheinen des großen Gesetzgebers«). Dieses feierliche Wort weist auf eine präzise Quelle hin: Nostradamus verkündet, daß die Rückkehr der Kirche »en pristine éminence« das Werk eines außergewöhnlichen Mannes sein wird. Wie soll man da nicht an die Einsetzung der drei Flamines majores durch den König denken, den herausragenden Gesetzgeber, der nach der römischen Legende die Priesterämter einrichtete, Numa Pompilius? Folgendes sagt Livius über ihn (I 20, 1-2):*

Danach [nach der Aufstellung des Festkalenders] wandte er seine Aufmerksamkeit der Bestallung der Priester zu, obwohl er sehr viele priesterliche Funktionen persönlich ausübte, besonders diejenige, die jetzt zum Amtsbereich des Flamen Dialis gehören. Weil er aber annahm, daß in einer kriegerisch gesinnten Bürgerschaft mehr Könige dem Romulus gleichen würden als dem Numa und selbst mit zu Felde ziehen würden, setzte er den Jupiterpriester als dauernd amtierenden Priester ein, damit die religiösen Funktionen des Königtums nie unterbrochen würden, und stattete ihn mit der Auszeichnung einer besonderen Kleidung und des dem König gebührenden Sessels aus. Zwei weitere Priestertümer fügte er diesem hinzu, für Mars das eine, das andere für Quirinus.

Die Hypothese, daß Livius eine Quelle ist, wird in dem sonderbaren Quatrain 75 bestätigt, der mit Genauigkeit die erste Handlung dieser Person beschreibt, eine im wesentlichen religiöse Handlung:

Montera haut sur le bien [für: lieu?] plus à dextre
Demourera assis sur la pierre quarré,
Vers le midy posé à sa senestre
Baston tortu en main, bouche serrée.
[Er wird hoch hinaufsteigen mehr zur Rechten
Dort wird er sitzen bleiben auf dem quadratischen Stein
Den Blick nach Süden gewandt zu seiner Linken,
Den gekrümmten Stab in der Hand, den Mund verschlossen.]

Man braucht sich nur Numas erste Handlung zu vergegenwärtigen, wie Livius sie beschrieben hat, um den Schlüssel zu diesen vier Versen zu erhalten:

Also ließ er sich von dem Augur [...] auf die Burg führen und nahm dort auf einem Stein Platz, das Gesicht nach Süden gewandt. Der Augur ließ sich mit verhülltem Haupt zu seiner Linken nieder, in der Rechten hielt er einen gekrümmten, knotenfreien Stab, den man Lituus nennt. Dann faßte er die Stadt und die römische Feldmark ins Auge, rief die Götter an und teilte von Ost nach West die Himmelsbezirke ein; dabei nannte er die Seite nach Süden hin die rechte, die nach dem Norden die linke und merkte sich einen Gegenpunkt am Horizont. Nun nahm er den Lituus in die linke Hand, legte die rechte auf Numas Kopf und betete folgendermaßen: »Vater Jupiter, wenn es göttlicher Wille ist, daß dieser Numa Pompilius, dessen Haupt ich halte, König von Rom sei, dann sollst du uns bestimmte Zeichen erscheinen lassen innerhalb der Grenzen, die ich gezogen habe.« Darauf legte er genau die Zeichen fest, die er geschickt haben wollte. Diese Zeichen wurden geschickt, und Numa stieg als bestätigter König von dem Beobachtungsplatz des Augurs herab.

Sämtliche Ausdrücke von Nostradamus werden durch diesen Vergleich klar. »Bâton tortu« – ein sonderbarer Ausdruck, wenn es sich, wie vorgeschlagen wurde, um einen Bischofsstab handeln würde – ist die genaue Definition des lituus, *und »bouche serrée« ist nicht, wie ebenfalls vorgeschlagen wurde, das »physiologische Zeichen für einen unbeugsamen Charakter«, sondern das bei der*

Vogelschau zu beachtende silentium. *»Pierre carée« ist der Sitz, auf dem der* inauguratus *unter Beachtung der vier Himmelsbezirke Platz nimmt. Die ersten Wörter, »montera haut«, erinnern daran, daß Numas Inauguration an einem der höchsten Punkte Roms stattfand, an einer Stelle, die später das* auguraculum *des Kapitols werden sollte.*

Ich bemerke lediglich zwei wichtige und gewiß beabsichtigte Unterschiede: Zunächst scheinen die beiden Personen, der sitzende König und der den lituus *tragende Priester, zu einer einzigen Person verschmolzen zu sein; sodann ist die Ausrichtung des Inaugurierten nicht die von Numa. Diese Veränderungen, besonders die zweite, sind ohne Zweifel dazu bestimmt, die Szene zu »entpaganisieren«: Auch wenn der christliche Erneuerer Roms, den Nostradamus sich vorstellt, nach heidnischer Art inauguriert werden soll, so ist es doch geboten, daß dies zumindest mit einem anderen Code geschieht. Es sieht also wirklich so aus, als habe Nostradamus ganz bewußt das Gebaren seiner Person nach dem des Auguren und des Numa gestaltet, und zwar nach Titus Livius, dem einzigen Autor, der uns das Szenarium der* inauguratio *überliefert hat. Allerdings bleibt ein kleines Rätsel bestehen, das der vierte Vers des Quatrain 77 birgt, ein interessantes Rätsel, da es nach den Namen der drei hohen Priester ein Wort betrifft, mit dem im Lateinischen ebenfalls ein Flamen bezeichnet wurde, jedoch ein niederer, zweifellos der erste der zwölf* flamines minores, *nämlich der Flamen des Vulkan,* Volcanalis. *Was bedeutet dieses Finale, das die geschlossene Struktur der drei ersten Verse zu sprengen scheint?*

Zunächst liegt, wie so oft bei Nostradamus, eine syntaktische Schwierigkeit vor, die sich nicht ausräumen läßt. In den drei ersten Versen des Quatrain 77 steht alles im grammatikalischen

Plural (»tous les degrés ... seront«) oder zumindest im aufzählenden Plural (»dial quirinal«, »Martial quirinal flaminique«). Worauf also kann der Singular »le« verweisen, der im vierten Vers auftaucht: »Puis un roi de France le *rendra vulcanal«?*

Und was heißt »vulkanisch« machen oder werden? Welche Handlung wird hier einem König von Frankreich zugeschrieben? Im Sprachgebrauch von Nostradamus ist Vulcanus oder Volcanus nie etwas anderes, als was er in Rom war: der Gott des Feuers als zerstörerischer Kraft oder, durch Metonymie, dieses Feuer selbst. Insbesondere ist er kein »Schmied«, und »jemanden vulkanisch machen« kann nicht, wie kühne Kommentatoren vermutet haben, bedeuten, »jemanden dadurch unverwundbar machen, daß man ihm einen undurchdringlichen Panzer fertigt«. Es hat also den Anschein, als ob der König von Frankreich die geheimnisvoll mit »le« bezeichnete Sache oder Stätte oder Person dem Feuer, der Verbrennung überantwortet. Mehr zu formulieren ist unzulässig. Vielleicht aber braucht nach einer Lösung gar nicht gesucht zu werden: Nach Art der Philologen kann sich der Pseudoprophet einfach aus dem Vorrat der Flamines, den Varrus oder Macrobius ihm anbot, einen sowohl vollen wie leichten Reim auf »Quirinal« herausgesucht haben.

Als ich die Lektüre beendet hatte, kommentierte Herr Espopondie:

– Du siehst, Nostradamus hat nicht gezögert, eine Prophezeiung zu erfinden oder zumindest aufzublähen, indem er ein Kapitel von Livius über den Ursprung Roms in die Zukunft der Kirche transponierte. Seine Gelehrsamkeit diente ihm als Inspiration.

– Ein Schwindler also?

– Vielleicht. Im vorliegenden Fall wahrscheinlich. Aber nicht unbedingt. Sollten sich in seinen berühmten Neuronen tatsächlich so komplexe Operationen abgespielt haben wie diejenige, die den Quatrain von Varennes hervorbrachte, dann darf man vermuten, daß die mannigfaltige Lektüre, die dort gärte, von Zeit zu Zeit ein wenig von ihrem Honig in die Zukunftsflut mischte, die sich in sie ergoß ... Ich lauschte zerstreut, denn seit einigen Minuten dachte ich an etwas anderes: Ich war sicher, in den *Centuries* einem anderen Quatrain begegnet zu sein, der ebenfalls und sogar noch stärker an die *inauguratio* des Numa erinnerte. Ich bat Herrn Espopondie, sich ein wenig zu gedulden, bis ich ihn in meinem Le Pelletier gefunden hätte.

Zunächst stieß ich auf den Quatrain II 99, der zumindest beweist, daß sich Nostradamus für ein anderes Detail der auguralen Doktrin interessiert hatte, die die Auspizien auf unterschiedliche Weise interpretierte, je nachdem, ob sie auf dem *»ager Romanus«* oder in den vier anderen Arten von *agri* erschienen: *Gabinus, peregrinus, hosticus, incertus:*

Terroir Romain qu'interpretoit augure
Par gent Gauloise par trop sera vexe ...

»Terroir romain«, römische Feldmark, ist eine gute, bei unseren Zeitgenossen leider in Vergessenheit geratene Übersetzung von *ager Romanus*. Aber ich war mir fast sicher, daß es noch etwas Besseres gab. Ziemlich schnell hatte ich den Quatrain V 6 vor Augen, der in der Tat die Gesten des Auguren bei der Inauguration des Numa schildert. Und diesmal wird der Augur genannt:

Au Roy l'Augur sur le chef la main mettre
Viendra prier pour la paix Italique:
A la main gauche viendra changer le sceptre,
De Roy viendra Empereur pacifique.
[Der Augur legt die Hand auf das Haupt des Königs,
Er betet für den Frieden in Italien:
Das Szepter wechselt in die linke Hand,
Aus dem König wird ein friedlicher Kaiser.]

Ich kommentierte:

– Sie können die Art des Ereignisses, auf das Nostradamus anspielt, leicht erkennen: die Beförderung eines Königs zum Kaiser. Dies war die alte Regel des Heiligen Römischen Reichs – genau das, was Bismarck 1871 im Spiegelsaal für seinen Herrn, den König von Preußen, wiederholen wollte. Doch auf dieses an sich plausible Ereignis, das seit dem Mittelalter drei- oder viermal stattgefunden hat, übertrug der Prophet gewissenhaft und anachronistisch die Zeremonie, die – bei Livius – Numa, einen einfachen Bürger, zum Nachfolger von Romulus macht. Wie sein römischer Kollege legt der »Augur«, von dem er spricht, eine Hand, wahrscheinlich die rechte, auf das Haupt des Königs, der Kaiser werden wird. Doch dazu muß er diese rechte Hand frei machen, die zunächst den gekrümmten Stab, den *lituus*, hielt. Wie sein römischer Kollege wechselt er also diesen *lituus*, hier als »Szepter« interpretiert, aus der rechten in die linke Hand, erst dann kann er (welchen Gott?) konsultieren, und schon ist der König ein Kaiser geworden, und zwar genauer gesagt – um dem klassischen Typus von Numa treu zu bleiben, der sich als Antithese des kriegerischen Romulus verstand und unter dessen Herrschaft Rom vom Krieg verschont blieb – ein »friedlicher Kaiser«.

Herr Espopondie war sehr zufrieden mit diesem Fortgang.

– Du bist geschickter als ich. Aber unsere Schlußfolgerungen stimmen überein: Bei Nostradamus entlastet der Philologe bisweilen den Seher ohne großen Aufwand. Und zweifellos ist Livius nicht der einzige, der ihn auf diese Weise versorgte. Du kannst seinen Exegeten empfehlen, die alten Chronisten noch mal zu lesen: Joinville, Villehardouin, Commines. Unser Räuber hat sie bestimmt gekannt.

Dies war das letzte Mal, daß wir von einem Autor sprachen, der, wie mir klargeworden ist, einen unerwarteten Raum im Denken unseres Freundes eingenommen hatte.

Der Frühing ging zu Ende und mit ihm mein Dienst als Leser-Einäscherer. Im Juni begab ich mich, mit einem Stipendium der Ecole des Langues Orientales in der Tasche, in die Tschechoslowakei und bereiste dieses herrliche Land, wobei ich im Vorbeifahren über die Schlachtfelder sinnierte: Austerlitz, ehrlich nackt, klassisch; Sadowa, gefährlich bewaldet, romantisch. Herr Espopondie verriet liebenswürdige Ungeduld, indem er mir schrieb, ich dürfe mich, wollte ich ihn lebend wiedersehen, nicht länger in Böhmen aufhalten. In der Tat erhielt ich Anfang August das böse Telegramm: Eines Morgens beim Aufstehen war er niedergestreckt worden, als die Aorta sich in die Luftröhre entleert hatte. Ich konnte nur noch nach Paris zurückkehren und fand den Sarg verschlossen. Mit einigen

Orientalisten begleitete ich ihn zum Friedhof. Ich war der einzige aus unserer Gruppe: Herr von Momordy hatte bereits seinen Posten bezogen, nicht bei den Türken, wie er gehofft hatte, sondern in Madrid; und Charles Leslucas verbrachte den Sommer in seiner Heimat Lothringen. Bei meiner Ankunft hatte mir sein Sekretär einen an mich adressierten Umschlag überreicht, den Herr Espopondie ihm anvertraut hatte. Er enthielt, ohne ein Begleitschreiben, zwei große Photographien: die eine zeigte den Menschen, der zehn Jahre lang seine Freude und sein Kummer gewesen war; die andere eine, freilich sehr hübsche, Liebelei. Wahrscheinlich hatte er sie nach meiner Abreise wiedergefunden. Wo hatte er sie vor mir versteckt? Noch bevor er unter der Erde war, tat ich meine Pflicht: vor einem Kamin.

Zu dieser Ausgabe

insel taschenbuch 2511: Das vorliegende Sachbuch folgt der 1989 als Band 1017 der Bibliothek Suhrkamp erschienenen Ausgabe: Georges Dumézil, Der schwarze Mönch in Varennes. Originaltitel: ... Le moyne noir en gris dedans Varennes. Umschlagfoto: Robert Polidori.

Französische Literatur im insel taschenbuch

Alain: Im Haus des Menschen. Betrachtungen. Übersetzt und mit einem Nachwort herausgegeben von Franz Joseph Krebs. it 1922
– Sich beobachten heißt sich verändern. Betrachtungen. Auswahl, Übersetzung und Nachwort von Franz Josef Krebs. Neuübersetzung. it 1559

Honoré de Balzac: Die alte Jungfer. Aus dem Französischen von Hedwig Lachmann. it 1904
– Das Chagrinleder. Aus dem Französischen von Hedwig Lachmann. it 1918
– Die Chuoans - Rebellen des Königs. Aus dem Französischen von Johannes Schlaf. it 1917
– Eine dunkle Affaire. Aus dem Französischen von Felix Paul Greve. it 1920
– Eugénie Grandet. Aus dem Französischen von Gisela Etzel. Herausgegeben von Eberhard Wesemann. it 1127
– Eugénie Grandet. Vorwort zur menschlichen Komödie von Balzac. Einleitung von Hugo von Hoffmannsthal. it 1901
– Die Frau von dreißig Jahren. Aus dem Französischen von Hedwig Lachmann. it 1914
– Die Geschichte der Dreizehn. Aus dem Französischen von Ernst Hardt. it 1907
– Glanz und Elend der Kurtisanen. Aus dem Französischen von Felix Paul Greve. it 1908
– Gobseck. Das Haus zu ›Ballspielenden Katze‹. Aus dem Französischen von Johannes Schlaf. it 1913
– Ein Junggesellenheim. Aus dem Französischen von Felix Paul Greve. it 1903
– Der Landarzt. Aus dem Französischen von Felix Paul Greve. it 1915
– Die Lilie im Tal. Aus dem Französischen von René Schickele. it 1916
– Oberst Chabert. Aus dem Französischen von Felix Paul Greve. it 1912
– Pierrette. Aus dem Französischen von Christina Mansfeld. it 1905
– Tante Lisbeth. Aus dem Französischen von Arthur Schurig. it 1909
– Tolldreiste Geschichten. Aus dem Französischen von Benno Rüttenauer. Mit Illustrationen von Gustave Doré. it 911
– Ursule Mirouet. Aus dem Französischen von Johannes Schlaf. it 1902
– Vater Goriot. Aus dem Französischen von Gisela Etzel. it 1911
– Das verfluchte Kind. Aus dem Französischen von Erika Wesemann, Karla Büschel und Felix Paul Greve. it 1919
– Verlorene Illusionen. Aus dem Französischen von Hedwig Lachmann. it 1906

152/1/12.96

Französische Literatur im insel taschenbuch

Honoré de Balzac: Vetter Pons. Aus dem Französischen von Franz Franzius. it 1910

Charles Baudelaire: Die Blumen des Bösen. Übertragen von Carlo Schmid. it 120

Pierre Augustin Caron de Beaumarchais: Die Figaro-Trilogie. Der Barbier von Sevilla oder Die nutzlose Vorsicht. Der tolle Tag oder Figaros Hochzeit. Die Schuld der Mutter oder Ein zweiter Tartuffe. Deutsch von Gerda Scheffel. Nachwort von Norbert Miller. Mit zeitgenössischen Illustrationen. it 228

George Clémenceau: Claude Monet. Betrachtungen und Erinnerungen eines Freundes. Mit farbigen Abbildungen und einem Nachwort von Gottfried Boehm. it 1152

Alphonse Daudet: Briefe aus meiner Mühle. Aus dem Französischen von Alice Seiffert. it 446

– Tartarin von Tarascon. Die wunderbaren Abenteuer des Tartarin von Tarascon. Mit 45 Zeichnungen von Emil Preetorius. it 84

Denis Diderot: Die Nonne. Mit einem Nachwort von Robert Mauzi, die Übersetzung des Nachworts besorgte Margaret Carroux. it 31

Alexandre Dumas fils: Die Kameliendame. Aus dem Französischen von Walter Hoyer. Mit Illustrationen von Paul Gavarni. it 546

Alexandre Dumas père: Die drei Musketiere. Aus dem Französischen von Herbert Bräuning. it 1131

– Der Graf von Monte Christo. 2 Bde. Bearbeitung einer alten Übersetzung von Meinhard Hasenbein. Mit Illustrationen von Pavel Brom und Dagmar Bromova. it 266

Gustave Flaubert: Bouvard und Pécuchet. Aus dem Französischen übersetzt von Georg Goyert. Mit Illustrationen von András Karakas. Mit einem Vorwort von Victor Brombert und einem Nachwort von Uwe Japp. it 373

– Bouvard und Pécuchet. it 1861

– Drei Erzählungen. it 1862

– Lehrjahre des Gefühls. Geschichte eines jungen Mannes. Übertragen von Paul Wiegler. Mit einem Essay und einer Bibliographie von Erich Köhler. it 1863

– Madame Bovary. Aus dem Französischen von Maria Dessauer. it 1864

– November. Aus dem Französischen von Ernst Sander. Mit einem Nachwort von Monika Bosse. it 1765 und it 1865

– Reise in den Orient. Aus dem Französischen von Reinhold Werner und André Stoll. it 1866

152/2/12.96

Französische Literatur im insel taschenbuch

Gustave Flaubert: Salammbô. Herausgegeben und mit einem Nachwort versehen von Monika Bosse und André Stoll. Aus dem Französischen übersetzt von Georg Brustgi. it 342 und it 1867
– Ein schlichtes Herz und andere Erzählungen. Aus dem Französischen von Cora van Kleffens und André Stoll. Großdruck. it 2314
– Die Versuchung des heiligen Antonius. Aus dem Französischen von Barbara und Robert Picht. it 1868

Edmond und Jules de Goncourt: Tagebücher. Übertragen und herausgegeben von Justus Franz Wittkop. Mit zeitgenössischen Abbildungen. it 1834

Victor Hugo: Der Glöckner von Notre-Dame. Roman. Aus dem Französischen von Else von Schorn. Mit zeitgenössischen Illustrationen. it 1781

Choderlos de Laclos: Schlimme Liebschaften. Mit 14 Kupferstichen. Übertragen und eingeleitet von Heinrich Mann. it 12

Jean de La Fontaine: Die schönsten Fabeln. Aus dem Französischen von Thomas Keck. Mit farbigen Illustrationen von Rolf Köhler und einem Nachwort von Jürgen von Stackelberg. it 1451

Guy de Maupassant: Bel-Ami. Aus dem Französischen von Josef Halperin. Mit zeitgenössischen Illustrationen. it 280

Prosper Mérimée: Carmen. Mit Zeichnungen von Pablo Picasso. Aus dem Französischen übersetzt von Franz Schnabel. it 361

Honoré-Gabriel Mirabeau: Der gelüftete Vorhang oder Lauras Erziehung. Aus dem Französischen von Eva Moldenhauer. Nachbemerkung von Norbert Miller. it 32

Molière: Der eingebildete Kranke. Aus dem Französischen von Johanna Walser und Martin Walser. it 1014
– Der Menschenfeind. Nach dem Französischen des Molière von Hans Magnus Enzensberger. it 401

Michel de Montaigne: Essais. Herausgegeben und mit einem Nachwort versehen von Ralph-Rainer Wuthenow. Revidierte Fassung der Übertragung von Johann Joachim Bode. it 220
– Tagebuch einer Reise durch Italien. Aus dem Französischen von Otto Flake. it 1074

Blaise Pascal: Größe und Elend des Menschen. Aus den »Pensées«. Auswahl, Übersetzung und Nachwort von Wilhelm Weischedel. it 441

Renate Wiggershaus: Marcel Proust. Leben und Werk in Texten und Bildern. it 1348

152/3/12.96

Französische Literatur im insel taschenbuch

François Rabelais: Gargantua und Pantagruel. Mit Illustrationen von Gustave Doré. Herausgegeben von Horst und Edith Heintze. Erläutert von Horst Heintze und Rolf Müller. 2 Bände. Übersetzung auf Grund der maßgebenden französischen Ausgabe, unter Benutzung der deutschen Fassung von Ferdinand Adolf Gelbcke. it 77

Arthur Rimbaud: Sämtliche Werke. Französisch und deutsch. Übertragen von Sigmar Löffler und Dieter Tauchmann. Mit Erläuterungen zum Werk und einer Chronologie zum Leben Arthur Rimbauds, neu durchgesehen von Thomas Keck. it 1398

Jean-Jacques Rousseau: Bekenntnisse. Aus dem Französischen von Ernst Hardt. Mit einer Einführung von Werner Krauss. it 823

Marquis de Sade: Justine oder Die Leiden der Tugend. Mit einem Essay von Albert Camus. Aus dem Französischen von Raoul Haller. it 1257

– Verbrechen der Liebe. Heroische und tragische Novellen. Aus dem Französischen von Christian Barth. it 1448

George Sand: Geschichte meines Lebens. Aus ihrem autobiographischen Werk ausgewählt und mit einer Einleitung versehen von Renate Wiggershaus. it 313

– Indiana. Aus dem Französischen von A. Seubert. Mit einem Essay von Annegret Stopczyk. it 711

– Lélia. Aus dem Französischen von Anna Wheill. Mit einem Essay von Nike Wagner. it 737

– Lucrezia Floriani. Roman. Aus dem Französischen von Anna Wheill. it 858

Misia Sert: Pariser Erinnerungen. Aus dem Französischen von Hedwig Andertann. Mit einem Bildteil. it 1180

Madame de Sévigné: Briefe. Herausgegeben und übersetzt von Theodora von der Mühl. Mit zeitgenössischen Kupferstichen. it 395

Anne Germaine Madame de Staël: Über Deutschland. Vollständige und neu durchgesehene Fassung der deutschen Erstausgabe von 1814 in der Gemeinschaftsübersetzung von Friedrich Buchholz, Samuel Heinrich Catel und Julius Eduard Hitzig. Herausgegeben und mit einem Nachwort versehen von Monika Bosse. Mit einem Register, Anmerkungen und einer Bilddokumentation. it 623

Stendhal: Die Kartause von Parma. Vollständige Ausgabe. Aus dem Französischen von Arthur Schurig. it 1222

– Rot und Schwarz. Vollständige Ausgabe. Aus dem Französischen von Arthur Schurig. Mit einem Nachwort von Uwe Japp. it 1210 und it 1642

– Über die Liebe. Vollständige Ausgabe. Aus dem Französischen und mit einer Einführung von Walter Hoyer. it 124

152/4/12.96

Französische Literatur
im insel taschenbuch

Paul Verlaine: Poetische Werke. Französisch und deutsch. Übertragen von Sigmar Löffler. it 1556

François Villon: Sämtliche Dichtungen. Zweisprachige Ausgabe. Aus dem Französischen von Walther Küchler. it 1039

Voltaire: Candide oder der Optimismus. Mit Zeichnungen von Paul Klee. it 11

– Sämtliche Romane und Erzählungen. Mit einer Einleitung von Victor Klemperer und Stichen von Moreau le jeune. Aus dem Französischen übersetzt von Ilse Lehmann. it 209

Emile Zola: Das Geld. Aus dem Französischen von Leopold Rosenzweig. it 1749

– Germinal. Aus dem Französischen von Armin Schwarz. Mit Illustrationen von Renate Sendler-Peters. it 720

– Nana. Aus dem Französischen und mit einem Nachwort versehen von Erich Marx. Illustrationen von Renate Sendler-Peters. it 398 und it 1646

– Thérèse Raquin. Aus dem Französischen von Ernst Hardt. it 1146

152/5/12.96

Kulturgeschichte
im insel taschenbuch

Ernst Batta: Römische Paläste und Villen. Annäherung an eine Stadt. Mit zahlreichen Abbildungen. it 1324

Jean Anthèlme Brillat-Savarin: Physiologie des Geschmacks oder Betrachtungen über das höhere Tafelvergnügen. Ausgewählt, übersetzt und eingeleitet von Emil Ludwig. Mit Holzschnitten der Ausgabe von 1864. it 423

Das Duell. Der tödliche Kampf um die Ehre. Herausgegeben von Uwe Schultz. it 1739

Die Familie. Eine Kulturgeschichte der Familie. Herausgegeben von Ingeborg Weber-Kellermann. Mit zahlreichen Abbildungen. it 1839

Die großen Seuchen. Von Pest bis Aids. Von Kari Köster-Lösche. it 1681

Victor Hehn: Olive, Wein und Feige. Kulturhistorische Skizzen. Herausgegeben von Klaus von See unter Mitwirkung von Gabriele Seidel-Leimbach. Mit farbigen Abbildungen. it 1427

Christoph Wilhelm Hufeland: Die Kunst, das menschliche Leben zu verlängern. it 1706

Wolfgang Kaempfer: Zeit des Menschen. Das Doppelspiel der Zeit im Spektrum der menschlichen Erfahrung. it 1855

Adolph Freiherr von Knigge: Über den Umgang mit Menschen. Herausgegeben von Gert Ueding. Mit Illustrationen von Chodowiecki. it 273

Julius Marusz: Porzellan. Betrachtungen aus der Geschichte der ältesten Manufakturen Europas. Mit zahlreichen Abbildungen. it 1760

Günther Ohloff: Irdische Düfte - himmlische Lust. Eine Kulturgeschichte der Düfte. Mit farbigen Abbildungen. it 1777

Pantoffelhelden und Stiefelknechte. Über poetisches Schuhwerk. Herausgegeben von Franz Josef Görtz. Mit zahlreichen Abbildungen. it 1699

Salzburg. Ein Städte-Lesebuch. Herausgegeben von Adolf Haslinger. Mit zahlreichen Abbildungen. it 1326

Michael Schroeder: Kleine Wappenkunst. Mit farbigen Abbildungen. it 1281

Was wir gespielt haben. Erinnerungen an die Kinderzeit. Herausgegeben von Ingeborg Weber-Kellermann und Regine Falkenberg. Mit zahlreichen Abbildungen. it 1371

Wege ins Eis. Nord- und Südpolfahrten. Literarische Entdeckungen von Friedhelm Marx. it 1683

Wiener Adressen. Ein kulturhistorischer Wegweiser von Dietmar Grieser. it 1203

Das Wiener Kaffeehaus. Herausgegeben von Kurt J. Heering. Mit zahlreichen Abbildungen. it 1318

166/1/12.96